Lucette

oder die Ausschweifungen der Lust

MELCHIOR
Edition Ars Amandi

Das außergewöhnliche Werk

Lucette

oder die Ausschweifungen der Lust

von

P. de Bourdett

erscheint im Rahmen ausgewählter erotischer Literatur
in der Edition Ars Amandi des Melchior Verlages.

Nachdruck der Originalausgabe aus den Jahren um 1900
nach einem Exemplar aus Privatbesitz.

MELCHIOR
Edition Ars Amandi

Wolfenbüttel
2008
ISBN: 978-3-939791-82-9
www.melchior-verlag.de

Diese zwei Bücher des in einem Bande herausgegebenen Werkes sind seinerzeit in einer einmaligen Auflage von 300 Stück hergestellt worden und erschienen zum ersten Male in deutscher Sprache, nachdem die 1873 erschienene Lyoner Ausgabe auch in französischer Sprache vergriffen war.

Das Werk wurde ausschließlich für Subskribenten gedruckt und „durfte nicht weitergegeben oder verliehen werden".

Hinweis des Verlegers:

Wie so oft bei erotischen Werken, ist anscheinend auch bei dieser Ausgabe das wahre Erscheinungsdatum sowie der Erscheinungsort verschleiert angegeben. Denn die deutsche Übersetzung spricht im Text von einem Automobil, dass Lucette aus dem Internat abgeholt hat. Im Jahre 1873 wäre dies noch gar nicht möglich gewesen. Entweder ist die Übersetzung sehr frei erfolgt, oder aber, und das ist wahrscheinlicher, die Erscheinungsdaten des Werkes stimmen nicht.

ERSTES BUCH

ERSTES KAPITEL

Lucette auf Ferien

Merkwürdige Veranlagung eines eleganten jungen Mädchens

Ihre Schwester

Zwiegespräche im Dienerzimmer

Hurrah! Es ist wirklich die höchste Zeit, dass ich diesem alten Kasten auf einige Zeit Lebewohl sage. Mit diesen Worten wandte sich Fräulein von Mustelle an ihre englische Erzieherin, während sie das Tor des Lyceums Moliere durchschritten.

Lucette, die dem Lehrplan des mittleren Unterrichtes nur einen mäßigen Geschmack abgewinnen konnte, drückte ihre Freude in dieser drastischen Weise aus.

Sprechen Sie nicht so, sagte Miss Ketty, die Erzieherin, Sie wissen, dass ihre Frau Mutter diesen Ton nicht liebt.

Ach, wenn man auf alles hören wollte, was Mamma sagt! Letzthin sagte sie noch zu Herrn von Boeme, dass er ein alter verdorbener Esel wäre. Ja gewiss, sie hat deutlich gesagt: Alter verdorbener Esel.

Seien Sie doch still und mäßigen sie sich, sagte Miss Ketty.

Unter diesen und ähnlichen Redensarten hatten die junge Frau und ihre Erzieherin ein auf sie wartendes Auto bestiegen, welches ein schwarzer Chauffeur mit Chic und Sicherheit steuerte.

Benutzen wir die Fahrt vom Lyceum Moliere zum Grundstück der Frau von Mustelle, der Mutter von Lucette, um die Persönlichkeiten dieser jungen Frau, sowie ihrer liebenswürdigen Erzieherin, Miss Ketty, zu schildern.

Lucette von Mustelle zählte 18 Jahre. Sie war ein recht hübsches Mädchen mit kastanienbraunem Haar und freundlichem Gesicht, in dem das Schelmische sich wunderbar mit einer gewissen Sinnlichkeit vereinigte, welche diese jungen Frau erscheinen ließ, als dies vielleicht minder bei älteren Frauen der Fall gewesen wäre.

Sie war in ein elegantes marineblaues Kostüm gekleidet, ein italienischer Strohhut barg das noch jugendliche Gesicht. Ihr

Aussehen bewies, dass es in der verwickelten Kunst einen Flirt zu führen, nicht ganz unbewandert war.

Im Hause der Frau von Mustelle war man daher auch bereit, mit Lucette zu flirten, welche neben ihrer Schönheit auch noch geistige Vorzüge besaß. Sie hatte viel mehr gelesen, als andere Mädchen ihres Alters sonst Gelegenheit und Gewohnheit haben. Da diese Lektüre häufig recht frei war, so hatte sie sich eine Lebenskenntnis angeeignet, die ihrem Auftreten als junge Frau einen eigentümlichen Reiz verlieh.

Ihre Mutter war noch sehr jung, kaum älter als 35 Jahre und ähnelte ihrer Tochter auffallend. Sie war blond, hübsch, von vornehmer Erscheinung, die unter einer gewissen Unnahbarkeit und formaler Zurückhaltung nur schwer einen sinnlichen und zu Ausschweifungen geneigten Charakter verbarg.

Die Betätigung ihres Instinktes wurde ihr durch ein ungeheueres Vermögen erleichtert, dass ihr Mann ihr hinterlassen hatte, als er bei einer Forschungsreise ums Leben gekommen war.

Sie widmete sich ganz den Liebesfreuden und dem gesellschaftlichem Verkehr, ohne sich viel um ihre Tochter Lucette und deren kleineren Schwester, der anmutigen Marcelle, die ein Jahr jünger war als unsere Lucette, zu sorgen.

Die beiden jungen Damen waren der ebenfalls noch jungen Miss Ketty anvertraut, die Marcelle auch Unterricht erteilte, wohingegen Lucette im Lyceum untergebracht worden war.

Marcelle war in braun das genaue Porträt ihrer älteren Schwester, obgleich erst 17 Jahre, war sie doch für ihr Alter sehr entwickelt. Das Beispiel ihrer Schwester war nicht gerade dazu angetan, ihr hohe Begriffe von Sittlichkeit beizubringen.

Miss Ketty endlich, der die Aufgabe oblag, die Erziehung dieser beiden jungen Damen zu überwachen, war eine kleine hübsche Engländerin von 22 Jahren, der ausgesprochene Typus eines aufgeweckten Gibson Girls mit einem feschen Porzellanteint, unter dichten rötlichen Haarflechten, die fast an das vornehme Rot erinnerten, mit dem der italienische Maler Tizian die schönen Prinzessinnen der Renaissance darzustellen liebte.

Nach dieser kleinen Abschweifung wenden wir uns wieder Lucette und Miss Ketty zu.

Das Auto der Frau von Mustelle hatte vor deren schönen Besitzung in der Avenue Kleber gestoppt. Lucette sprang heraus und ging leichten Fußes an der Loge des Portiers vorbei, indem sie aus voller Kehle schrie:

Hoch die Ferien!

Nieder mit deren Ende!

Hinter ihr stieg Miss Ketty die große Freitreppe hinauf, über die Ausgelassenheit Lucettes lächelnd. Wie wir aus der Folge sehen werden, liebte Miss Ketty - trotz pädagogischer Grundsätze entgegengesetzter Art - ihre Schutzbefohlene innig.

Ist Mamma nicht zu Hause, fragte Lucette ein niedliches Kammermädchen, das mit einem Berg fein parfümierter Wäsche vorüberging. Nein, sie ist mit Herrn Gaston ausgefahren, um Golf zu spielen.

Derjenige, den man kurz Herrn von Gaston nannte, hieß in Wirklichkeit Gaston de Vires und war ein schlanker, großer, junger Mann mit erheblichem Vermögen und als Lebemann bekannt. Er wurde im Dienerzimmer als Liebhaber der Hausherrin angesehen.

Famos, rief Lucette aus, als sie von der Abwesenheit der Mutter hörte, da kann man wieder nach Herzenslust Dummheiten machen. Sie lief in ihr Zimmer, wo sie ihre Schwester Marcelle überraschte, wie diese vor einem Stehspiegel mit hochgehobenem Rock stand. Die Höschen waren ihr heruntergefallen und sie betrachtete in dieser Position ihren kleinen Hintern.

Als sie die Schwester so plötzlich eintreten sah, beeilte sie sich ihre Röcke fallen zu lassen und eine unschuldige Miene zu zeigen, was sie indessen nicht hinderte, stark zu erröten.

Bist Du denn verrückt, sagte Lucette, Deinen Hintern so zu spiegeln . . . lass doch einmal sehen? Sie drehte ihre Schwester herum, hob Röcke, Unterröcke und Hemd hoch und entblößte so einen kleinen, schönen runden Hintern.

Du hast ja eine schöne Tracht Prügel bekommen, meine Liebe, wer hat denn Dir diese Lektion erteilt? Dein Hintern ist ja so rot wie Deine Backen.

Beschämt erwiderte Marcelle, ich habe ein Glas zerschlagen, dafür hat mich Mamma durch Justine züchtigen lassen.

Justine war das freundliche Kammermädchen, dem Lucette auf der Treppe begegnet war. Lucette ließ das Höschen ihrer Schwester wieder fallen, zog ihre Jacke aus, um eine leichtere Matinee anzulegen, die sie stets trug, wenn sie zu Hause war.

Weißt Du, sagte sie zu ihrer Schwester, Du solltest Deinen Hintern in eine Waschschüssel stecken, das würde ihn sehr erfrischen. Was mich betrifft, so gehe ich in das Dienerzimmer, um nachzusehen, ob Backwerk für den Nachmittagstee aufzutreiben ist.

Sie stieg in das Souterrain hinunter, wo sich das Bedientenzimmer befand, einen englischen Gassenhauer singend, welchen ihr Miss Ketty beigebracht hatte, und in welchem

von vielen Küssen, heißer Liebe und geheimen Freuden die Rede war.

Lucette hatte ihre Schwester absichtlich mit bekannter Beschäftigung zurückgelassen, um von der Abwesenheit ihrer Mutter Nutzen zu ziehen. Sie bekam dadurch Gelegenheit, mit dem Stubenmädchen und dem Kammerdiener, einem hübschen jungen Mann von 25 Jahren mit lasterhaftem, tückischem Gesicht, ausgiebig zu schwatzen.

Firmius, das war der Name des Schlingels, hatte schon immer seine junge Herrin mit verständnisvollen Blicken betrachtet. Er genierte sich durchaus nicht, bei passender Gelegenheit, oder wenn er hinter ihr vorbeiging, ihr Gesäß durch den dünnen Stoff ihres leichten Hauskleides zu berühren. Einmal hatte er dabei den Schlitz ihres Kleides gefunden und da dieser mit dem Ausschnitt des Höschens in Verbindung stand, das Hemd der jungen Frau zufällig in die Höhe gerutscht war, konnte er seine Hand hindurchstecken und das süße und sammetweiche Fleisch ihres jungfräulichen Körpers berühren. Dabei fuhr sein Finger tastend umher und suchte das zusammengedrückte Gesäß auseinanderzuziehen, um die kleine runde Öffnung ihres Popos zu erreichen. Lucette aber drehte sich rasch herum und warf ihm einen vernichtenden Blick zu, so dass er sofort seine Hand zurückzog und murmelte:

Kleine Schlange, Du wirst ebenso daran glauben müssen, wie die Anderen.

Wie die Anderen alle, denn als Don Juan des Bedientenzimmers hatte er schon mit allen intim verkehrt, mit Justine dem Kammermädchen, mit der dicken Alice, der Wäscherin und Marie der Köchin, welche ziemlich hübsch war und endlich auch mit der Frau des Portiers, einer kleinen und hitzigen Blondine, die als zweite Kautimerfrau tätig war. Man munkelte sogar in Gegenwart von Lucette und deren

Schwester, dass Firmius schon etwas mit der Engländerin gehabt hätte.

Lucette schwärmte trotz allem für das Bedientenzimmer, da hier ihre Neugierde Befriedigung fand. Die Prahlereien mit versteckten Lastern und doppelsinnigen Anzüglichkeiten erweckten in ihr ein unsagbares Wohlbehagen. Sie hatte hier bereits gepfefferte Witze von allen Schattierungen kennengelernt. Ja, manchmal war sie vor Aufregung gezwungen gewesen, auf ihr Zimmer zu eilen, um sich der entkräftigenden Liebkosung des Onanierens zu unterziehen, eine perverse Angewohnheit, die ihr von einer Pensionsfreundin beigebracht worden war.

Lucette öffnete die Tür zum Bedientenzimmer und steckte ihr kleines schnippiges Näschen herein und fragte:

Kann man eintreten?

Ah, sieh da, die kleine Lulu, sagte Firmius, ließ sich aber sonst nicht im Dialog mit Alice stören, die gerade sagte:

Ja . . . und was schon weiter, der Teufel soll mich holen, wenn sie noch unberührt in die Ehe tritt. Ihre Jungfernschaft zwischen den Beinen wird sie vielleicht behalten, sagte Firmius, was aber ihr Popolöchelchen anbetrifft, so glaube ich doch, dass, wenn ihr Zukünftiger nur einmal da seine Nase hineinstecken würde, so würde er entdecken, dass er schon Vorgänger gehabt hat.

Behalte das für Dich, Du Flegel, sagte Alice, alle Welt weiß, dass Du selbst so bist. Ist es nicht albern, so dumme Bemerkungen mit anhören zu müssen, und außerdem muss man schon lasterhaft sein, um von hinten einzudringen.

Du spieltest damals nicht gerade die Zierpuppe, als Du mich batest . . .

Alice legte schnell die Hand auf den Mund Firmius, und

sich schnell zu Lucette wendend, die lächelnd dabei stand, sagte sie:

Warte nur, es sind Süßigkeiten im Wandschrank, wenn Du nicht die zwischen meinem Hintern vorziehen willst.

Es ist schon wahr, Alice, dass Du gemein bist, sagte Lucette. Wenn die Engländerin Dich so hätte sprechen hören, dann ...

Die, die würde mir vielleicht gar zu gern meinen Hintern küssen, denke ich.

Nein, aber sie würde es meiner Mamma sagen.

Ach, was ich mich um Deine Mutter schere, in diesem Augenblick lässt sie sich vielleicht auch gerade den Popo von Herrn Gaston bearbeiten, ganz abgesehen davon, dass sie sich nie mit Gaston langweilt. Der ist schon der Richtige, jedenfalls aber ein junger Mann, den ich mir vom Halse halten würde.

Also, dann glaubst Du, dass Gaston Geschichten mit Mamma macht?

Ha, und nicht zu knapp. Letzthin im Salon auf dem Chaiselongue hörte man Madame seufzen bis hierher:

Ah, ah . . . noch mehr . . . mein Liebling. . .oh . . . noch mehr.

Und das Kammerkätzchen ahmte mit gutem und ausdrucksvollem Mienenspiel die Ohnmacht der Gnädigen vortrefflich nach, indem sie sich mit geöffneten Munde und ersterbenden Augen hinstreckte.

Lucette, die sich indessen ein Butterbrot zurechtgemacht hatte, lachte über Justine, während Firmius Lucette von oben bis unten fixierte.

Warum sagte Mamma diese Worte, fragte Lucette, sich absichtlich eine möglichst gleichgültige Miene gebend.

Du wirst es erfahren, wenn Du unten Haare haben wirst, antwortete die Köchin provozierend.

Aber ich hab welche, ihr könnt es mir daher ruhig sagen.

Sooo, Du hast welche, die möchte ich aber doch sehen, antwortete Alice, sicher lügst Du uns was vor.

Kinder, warum streitet Ihr Euch denn herum, unterbrach Firmius, wenn Fräulein Lucette wirklich Haare hat und zwar an der Stelle, welche wir meinen, sie es uns versichert, so wäre das nicht schwierig zu beweisen . . . hm . . . sie braucht uns dieselben nur zu zeigen, und wir werden uns durch den Augenschein davon überzeugen.

Das ist ein guter Gedanke, sagte Alice, welche den Einfall begreiflicherweise vortrefflich fand, also vorwärts Lulu, hebe Deine Röcke und öffne Dein Höschen, damit wir sie sehen können.

Sofort überflutete eine Blutwelle das Gesicht Lulus. Sie zog

ihre Röcke enger um sich und knabberte verlegen an ihrem Butterbrot mit ängstlich geöffneten Augen. Schlau versuchte sie das Gespräch abzulenken und sprach:

Sag mal Alice, Du weißt ja noch gar nicht, was mir die Engländerin neulich gesagt hat, sie nein, nein, ich will es ja auch gar nicht, lassen wir die Erörterung auf ein andermal.

Jetzt hebe Deine Röcke hoch und zeige uns, ob Du Haare hast.

Sie näherte sich der jungen Frau, fasste sie resolut um die Taille und legte sie über ihr Knie. Komm her Marie, zieh sie aus, während ich sie halte, sie hat eine offene Hose.

Lucette versuchte vergeblich Widerstand zu leisten, die kräftige Alice hielt sie indessen mit festen Händen. Marie hob den blauen Rock hoch und entblößte die gut geformten Beine, das seidene Höschen bot sich den Blicken dar. Ein zartes Höschen, das den Hintern straff umspannte und mit kostbaren Spitzen besetzt war.

Ist es nicht Unsinn, einer jungen Dame dieses Alters, Spitzenhöschen im Werte von vielleicht 250 Frs. anzuziehen?

Lucette wehrte sich in den drallen Armen Alices nach Leibeskräften und schrie:

Lasst mich . . . Ihr seid Ferkels, lasst mich los, ich werde es Mamma sagen.

Dieser Zwischenruf wurde durch den Umstand veranlasst, dass Marie den Schlitz von Lucettes Hose geöffnet hatte. Sie schob das Hemd hoch und ein weißer Bauch, liebreich, süß und glatt wie Elfenbein, erschien in seiner ganzen Schönheit. Alice zog die Beine der Kleinen auseinander und man erblickte die Schamlippen, rosig von einem bestimmten Lachsrot, appetitlich und jungfräulich anzusehen, welche sich durch die Haare scharf abzeichneten.

Firmius, dem das Blut in den Kopf gestiegen war, stand sprachlos vor diesem reizenden Schauspiel und seine Hose blähte sich an einer gewissen Stelle.

Siehst Du nun, dass Du keine Haare hast, sagte Alice spaßig, indem sie Lulu wieder frei gab, kleine Lügnerin, um Dir zu glauben, muss man sich schon selbst überzeugen.

Hochrot vor Scham und Verlegenheit brachte Lucette ihr Kleid wieder in Ordnung. Sie wagte kaum aufzublicken und Tränen glänzten in ihren Augen.

Ach, was, sagte Alice, Du brauchst Dich weiter nicht zu schämen, weil Firmius Dein Geschlechtsteil gesehen hat . . . er wird es noch mehr als einmal betrachten . . . und Du wirst es selbst sein, die es ihm zeigen wird, denn lüstern wie Du bist, wird es nicht lange dauern, dass Du die Beine breit machst.

Wie sie nun sah, dass Firmius bei diesen Worten frohlockte, wandte sie sich zu ihm und rief wütend: Ja, Du Mädchenjäger, ich weiß wohl, dass Du hinter ihr her bist, wie der Teufel hinter den Seelen. Frauen genügen Dir nicht mehr, Du willst Männer und junge Frauen haben. Aber nimm Dich in Acht, wenn Du mit ihr schlafen gehen solltest, kannst Du was erleben und ich werde Dich zurichten, wie Du es verdienst.

Firmius grinste über das ganze Gesicht, worüber sich Alice so ärgerte, dass sie auf ihn stürzte, um ihn zu ohrfeigen. Lucette war es, die den Streit schlichtete.

Was, rief sie aus, ihr werdet euch doch nicht prügeln? Du bist wirklich dumm, Alice, wenn Firmius mein Heiligtum gesehen hat, so bist Du es gewesen, die es ihm gezeigt hat. Ich war durchaus damit nicht einverstanden. Jetzt wird er immer hinter mir her sein, wie die Katze hinter den Mäusen, aber er muss sich nicht einbilden, dass ich in dieser Beziehung

Spaß verstehe und auf seine dummen Scherze eingehen werde. Oh nein, keine plumpen Zärtlichkeiten vor der Hochzeit, wie Marie immer sagt.

Alice beruhigte sich und trieb die Artigkeit sogar soweit, dass sie Lulu die Taschen mit kleinen Kuchen vollstopfte, die von einem Tee des gestrigen Tages übrig geblieben waren.

Danke, sagte Lucette, die sich wieder als kleines Mädchen fühlte, ich werde Marcelle einige heraufbringen . . . übrigens hat sie eine tüchtige Tracht Prügel bekommen . . . bist Du es gewesen Alice, die sie ihr verabfolgt hat?

Ja, das kleine Schweinchen hat Deiner Mutter erzählt, dass ich sie immer zwischen den Beinen kitzele, wenn ich ihr ein Sitzbad zubereite. Die Kleine ist schon recht lasterhaft.

Jedenfalls hat sie einen schönen Hintern, sagte Firmius.

Hast Du ihn denn schon gesehen, Du Mädchenjäger?

Ja, ich war im Nebenzimmer, als Du sie gezüchtigt hast, Du hattest die Tür offenstehen gelassen und meiner Treu, ich habe die Operation verfolgt.

Sie ist wirklich großartig Ihr Schwesterchen, wandte er sich an Lucette, fast so niedlich wie Sie selbst . . . oh.

Firmius ist wirklich ein Mensch, der die guten Gelegenheiten nie unbenutzt vorübergehen lässt, sagte Alice, während sie wieder in die Matinee Lulus kleine Kuchen steckte. Kein weibliches Wesen kann sich im Hause rühren, ohne dass dieser Schlingel sie belästigt, man sollte wirklich annehmen, dass die Gnädige selbst auch daran hat glauben müssen.

Man kann nicht wissen, bemerkte Firmius mit einem pfiffigen Lächeln.

Lucette machte sich mit ihren kleinen Kuchen aus dem Staube.

ERSTES BUCH

ZWEITES KAPITEL

Abreise in die Provinz Aujou

Frau von Mustelle und Herr von Boeme

Die Mamma gibt unbewusst Anschauungs-unterricht über die Mysterien der Liebe

Einige Wochen nach der Szene im Bedientenzimmer, siedelten Frau von Mustelle, ihre beiden Töchter, Alice, die Engländerin, Firmius und der farbige Chauffeur ins Schloss Mustelle in der Provinz Aujou über, um dort die Ferien zu verbringen.

Frau von Mustelle rechnete darauf, dort ihre Freunde und Freundinnen, namentlich die ersteren zu empfangen und hatte die beste Absicht, sich nicht zu langweilen.

Die „Kinder“ waren ebenfalls erfreut, denn auf dem Lande waren sie noch ungebundener als in Paris.

Das Schloss Mustelle war ein herrschaftlicher Besitz aus dem 16. Jahrhundert, behaglich, aber etwas stilwidrig mit einer englischen Möblierung ausgestattet, die nicht so ganz in die großen Säle dieses feudalen Wohnsitzes hineinpasste.

Frau von Mustelle, die auf ihrem Grund und Boden gern der Jagd oblag, liebte diesen Sommersitz, denn hier war sie frei, enthoben aller gesellschaftlichen Verpflichtungen und die Einsamkeit des Schlosses begünstigte alle Zufälligkeiten verschwiegener Liebeständelei.

Tag für Tag durchstreiften die beiden Schwestern Lucette und Marcelle in weißen Pique-Kleidern die Umgebung, unter der wenig strengen Überwachung von Miss Ketty und Alice. Firmius blieb gemeinsam mit dem Chauffeur im Schloss, um den Herren, die Frau von Mustelle nie ermangelte einzuladen, zur Verfügung zu stehen.

In diesem Jahr war der erste, der auf dieser herrschaftlichen Besitzung in die Erscheinung trat, ein deutscher Edelmann von ungefähr 40 Jahren, der den Schnurrbart fesch aufgezwirbelt trug. Dieser elegante Gast hieß Herr von Boeme.

Er war einer der Hauptfreunde der Frau Germaine von Mustelle. Er suchte sich jede Gelegenheit zu Nutze zu machen, um noch mehr Gnade vor den Augen der reizenden

Witwe zu finden. Nachdem er zur Teestunde in Erfahrung gebracht hatte, dass ein ernsthafter Zwist zwischen Germaine und ihrem erklärten Liebhaber ausgebrochen sei, hatte er sich beeilt, die Dame aufzusuchen in der begründeten Hoffnung, dass dieser Zwist, sowie die Einsamkeit des Ortes, die Untätigkeit, wenn man den Worten Peter von Bourdelles Glauben beimessen kann, selbst die prüdesten Damen dazu veranlasst, eine angenehme Abwechselung in den leidenschaftlichen Zerstreuungen der Liebe zu suchen.

Sie würde sich langweilen, dachte er mit Recht, und es müsste mit dem Teufel zugehen, wenn es mir nicht gelingen sollte, im Bett festen Fuß zu fassen und einen Finger in ihr en . . . Er vollendete diesen Satz nicht, aber er lächelte mit Selbstbewusstsein, indem er seinen Schnurbart drehte, denn der Gedanke, dass er am heutigen Vormittag einen Spazierritt mit seiner eleganten Hausherrin machen sollte, beschäftigte ihn.

Es war ein herrlicher Vormittag. In den herrlichen Kastanienalleen, welche das Herrenhaus umrahmten, erschöpften sie sich in den süßen und leidenschaftlichen Phrasen der Galanterie. Aber während er die Schmeicheleien an die Adresse der jungen und schlanken Dame richtete, konnte er sich nicht enthalten, durch sein Monokel die rückseitige Partie der Frau von Mustelle zu bewundern.

Oh . . . dieser schöne Hintern, der sich durch das prall anliegende Reitkleid der Amazone vortrefflich abhob. In diesen war Herr von Boeme völlig vernarrt, kein Wunder, denn er war der Fetischdiener dieses Teiles der weiblichen Anatomie, und er wusste dem durch Liebkosungen Ausdruck zu geben, welche häufig diejenigen schamhaft erröten ließen, die sich seinen Wünschen willfährig zeigten.

Während des Spazierrittes zeigte Herr von Boeme seine Liebesempfindungen in derart sichtbarer und auffälliger

Weise, dass Germaine, die einen Blick auf seine aufgepauschten Hosen geworfen hatte, nicht umhin konnte, bis auf die Wurzeln ihres blonden Haares zu erröten.

Bald kehrten sie nun heim. Herr von Boeme eilte in sein Zimmer, um sich umzukleiden, und Germaine begab sich in ihr Boudoire, wo sie schnell ein Morgenkleid anlegte. Dort beabsichtigte sie den Deutschen zu empfangen. Er stellte sich pünktlich ein und hatte ungefähr eine Stunde in diesem anheimelnden Raume verweilt, als Lucette, die ihrer Erzieherin und ihrer Schwester entwischt war, sich in einem an das Boudoir anstoßenden Cabinett zu schaffen machte.

Von diesem aus konnte sie alles hören, was jenseits der Verbindungstür gesprochen wurde. Die Neugierde, welche einer der geringsten Fehler der süßen Lulu war, veranlasste sie, etwas an der Tür zu horchen. Sie verbrachte ihre Zeit nicht nutzlos, denn der Dialog, den sie hörte, entschädigte sie einigermaßen für ihre Unbesonnenheit.

Lulu hörte - mit starkem Herzklopfen - zunächst, wie ihre Mutter herzhaft lachte, ein hübsches perlendes Lachen, das lustig durch den ganzen Raum schallte.

Ah . . . Sie erzählen mir dies, um sich über mich lustig zu machen . . . die Damen, lieber Freund, als solche kümmern Sie herzlich wenig, glauben Sie denn, dass ich ihre Geschmacksrichtung nicht kenne?

. . . und vor allem die Skandalgeschichten, in die Sie verwickelt waren. Sie lieben mich, behaupten Sie zwar, ich jedoch glaube vielmehr, dass Sie die jungen Männer lieben. Wie hässlich finde ich es, sich für Männer geschlechtlich zu interessieren, wo es doch so viele junge schöne Frauen auf der Welt gibt.

Und ich gebe Ihnen darin vollkommen Recht, schöne Frau, antwortete Herr von Boeme, auch ich lege Ihnen alle meine Huldigungen zu Füßen. Nehmen wir an, sagte Frau von Mustelle, dass ich Ihnen nachgebe . . . hoffen Sie dann wirklich bei mir jene Eigenschaften zu finden, welche Sie bei einem Manne suchen . . . mir fehlt nämlich etwas . . .

Meine teure Freundin, Sie können mir meiner Treu Glauben schenken, ich kann mit Ihnen in gleicher Weise verkehren, wie ich gewohnt bin, dies bei den kleinen Knaben zu tun . . . es fehlt Ihnen auf jener Seite nichts, hoffe ich.

Entsetzlich . . . schauderhaft . . . rief Frau von Mustelle aus, schweigen Sie lieber . . . nehmen wir an, dass ich Ihnen wirklich nachgebe, dann würden Sie . . . ich weiß nicht, wie ich mich ausdrücken soll?

Ja, ich würde Sie von der rückseitigen Stellung aus würdigen, mich auf dem Altar der Venus Callypige einem Genuss hingeben, den ich bei Ihnen vorausahne . . . was ist schließlich dabei bedenkliches oder wunderbares? Cornaelia, die Mutter, ließ sich von hinten spenden und Juno bot ihren

Hintern dem Jupiter dar, bevor Ganyme das Herz ihres erhabenen Gatten gewann.

Ja aber, diese Art zu spielen muss entsetzlich wehtun.

Aber durchaus nicht, es genügt damit einverstanden zu sein und sich anzupassen. Wie viele Frauen gibt es, welche die anormalen Liebkosungen den erlaubten legalen vorziehen!

Schämen Sie sich, mein Herr, Sie sprechen wie ein gewissenloser Mensch. Halten Sie ein, Sie entnerven mich . . . lassen Sie mich zufrieden, ich will mich ausruhen. Dies war eine deutliche Verabschiedung.

Darf ich wenigstens hoffen, beharrte Herr von Boeme. Sie haben mich noch nicht überzeugt, erwiderte Frau von Mustelle. Habe ich Glück, oder verteidigen Sie weiter Ihre sonderbare Passion?

Herr von Boeme ging hinaus und stieß dabei auf Lulu, die ebenfalls ihr Versteck verlassen wollte. Er sah Lucette scharf an und fühlte unbewusst, dass die Kleine alles gehört hatte. Das irritierte ihn natürlich im höchsten Grade, er sah sie nochmals eindringlich an und unter dem Einfluss seines Blickes musste Lucette die Augen niederschlagen, dann entfernte er sich, indem er unverständliche Worte in sich hineinbrummte.

Lucette hatte zwar die Unterhaltung zwischen Mutter und Herrn von Boeme gehört und obwohl sie ahnte, dass von eitler Ungehörigkeit die Rede gewesen war, so hatte sie doch nicht ganz begriffen, um was es sich eigentlich handelte.

Sie kannte wohl oberflächlich die Liebe, wie sich solche aus dem Geschlechtstrieb der Tiere ergab - ihre eigene Verderbtheit wies sie aber eher auf die zärtlichen Seiten unter Freundinnen hin, oder auf die geheimen Vergnügungen und die lustigen anzüglichen Unterhaltungen in der Dienerstube.

Immerhin wusste sie, dass ihre Mutter einen Liebhaber hatte und folgerte daraus, dass dieser mit ihr Schweinerei trieb. Welcher Art diese waren, wusste sie nicht und wagte auch nicht die Dienstboten um Aufklärung zu bitten, aus Angst, dass diese sich dann über sie lustig machen würden.

Jedenfalls das Eine scheint mir aus der Unterhaltung hervorzugehen, nämlich, dass Mamma bereit ist, mit Herrn von Boeme zu schlafen, dass sie sich weigerte, eine von ihm verlangte Schweinerei zuzugestehen, ich muss das Nähere unbedingt wissen . . .

Um dies nun zu ergründen, beobachtete sie während mehrerer Tage ihre Mutter und Herrn von Boeme. Manchmal sah sie, wie der Anbeter ihrer Mutter etwas leise ins Ohr flüsterte, worauf sie lachte und errötete.

Nein, nein, es wird Ihnen nicht gelingen, mich zu überzeugen, sagte sie sich zierend. Und dennoch hörte Lulu eines Tages, wie ihre Mutter zu ihm flüsterte:

Kurzum, kommen Sie meinetwegen heute Abend in mein Schlafzimmer, aber um Gotteswillen, machen Sie keinen Lärm.

Nun, das geht nach Wunsch, dachte Lulu, sie ergriff ihre Vorsichtsmaßregeln, um die Lösung dieser Rätsel zu finden.

Als der Abend hereinbrach, ging sie anscheinend in ihr Zimmer, und als die Engländerin und ihre Schwester eingeschlafen waren, erhob sie sich, nur mit dem Nachthemd bekleidet, und schlich sich leise in das Schlafzimmer ihrer Mutter. Sie versteckte sich hier hinter einer spanischen Wand, die ihr Sicherheit gab, dass man sie nicht auffinden würde. Das Zimmer war noch leer, aber sie hatte sich noch nicht lange in ihrem Versteck niedergekauert, als die Tür sich öffnete und die Mutter eintrat.

In ihrem Versteck wohnte nun Lulu der intimen Toilette

einer eleganten Frau bei. Sie sah, wie sich ihre Mutter auszog und ihre Frisur vor dem Spiegel ordnete, und wie sie schließlich ihr Hemd hochschürzte, um sich auf ihr schön bemaltes Porzellanbecken zu setzen und so ohne dass sie die Anwesenheit Lucettes auch nur entfernt ahnte, einerseits die weibliche Scham halb versteckt unter dem blondhaarigen Vließ zu zeigen, andererseits die wohlgeformten Backen ihres bewunderungswürdigen Hinterns, welcher so stark die Begierde des Herrn von Boeme erregte, zur Schau zu stellen.

Ihre Mutter hatte kaum Ihre Toilette beendet und sich in das große niedere zur Wollust wie geschaffene Bett gleiten lassen, als Herr von Boeme in bunter Unterhose und nur mit dem Nachthemd bekleidet, eintrat. Ohne ein Wort zu verlieren, kletterte er in das Bett, welches unter seiner Last krachte.

Nun sah Lucette Dinge, welche ihr die Augen weit öffnen ließen und die ihr durchaus die Lust raubten, einzuschlafen.

Herr von Boeme küsste ihre Mutter auf den Mund und saugte an ihrer Zunge, und Lulu sah, wie ihre Mutter unter der Decke sich in Zuckungen wand, während ihre Augen wollüstig leuchteten. Nachdem die Liebkosungen mit der Zunge beendet waren, warf ihre Mutter die Decke weit von sich. So lag sie auf dem Rücken, ein Kissen unterhalb des Kreuzes, um den Bauch intensiver herausdrücken zu können und schien der weiteren Entwicklung der Dinge entgegenzusehen.

Herr von Boeme seinerseits befand sich jetzt im Adamskostüm und zeigte sein männliches Zeugungsorgan, eine gerade dicke Rute mit blauroter Spitze, die geschwollen vor Begierde leuchtete.

Lucette, die zum ersten Male ein männliches Glied im aufgerichteten Zustand sah, war im Begriff, einen Schrei des

Erschreckens auszustoßen. Sie hat wohl schon kleine Knaben Pippi machen sehen, aber wie geringfügig war das, gegen dieses große starke, an der Spitze glühende, Monstrum gewesen.

Angesichts dieses Pfeils des Amors, der in sie hineindringen sollte, hatte Frau von Mustelle ihre langen und wohlgeformten Schenkel weit auseinandergespreizt.

So bot sie ihre schöne Liebesgrotte, deren rosige Schamlippen sich vor Begierde weiteten, dem Liebesopfer erwartungsvoll dar.

Herr von Boeme nahm eine Stellung zwischen ihren Beinen ein und stieß sein Zepter bis zur Wurzel in ihre Scheide, so dass dieselbe von den rosigen Lippen der Scham umspannt wurde. Dann begann er zu arbeiten, mit gleichmäßigen aber energischen Stößen der Schenkel.

Von ihrem Versteck aus sah Lulu das kräftige Gesäß des Liebhabers bei jedem Lendenstoß erzittern und ihre Mutter vereinte die Anstrengungen mit den seinen.

Das Seufzen und wollüstige Stöhnen wurde immer aufgeregter und endete in einem intensiven Schluchzen. Ihr Liebhaber drückte sie fest in seine kräftigen Arme und beschleunigte gleichzeitig die kräftigen Stöße und endlich schrie Frau von Mustelle in halber Ohnmacht auf, sie genoss in vollen Zügen. Die Schenkel krampfhaft angespannt, nahm die schlüpfrige Scheide den heißen Saft in sich auf, den ihr Liebhaber in die feurige Muschel ihres geschmeidigen Leibes hineinspritzte.

Oh mein Herz . . . genieße mit mir . . . oh, wie gut das tut . . . ach, ich . . . oh, ja, spritze . . . ja, oh, ich fühle Dich . . . Oh . . . Oh . . . Du.

Das Gesicht ganz bleich, hatte Lulu im höchsten Grade erregt, diesem Schauspiel beigewohnt. Sie sah jetzt, wie ihre Mutter sich auf die Seite legte, während von Boeme seinen halbschlappen Speer zurückzog, dieser sah sehr klebrig und weiß aus, als wäre er in Ei getaucht worden.

Von neuem küsste nun Herr von Boeme ihre Mutter, welche ihm ihren Mund und ihre Zunge überließ. Unter den fortgesetzten Liebkosungen ihrer beiderseitig vibrierenden Zungen bäumte sich der Speer des Liebhabers von neuem, zuckte zwei oder dreimal, richtete sich kerzengrade in die Höhe und dasselbe Vergnügen begann von vorn.

Mit leiser Stimme zwar, aber Lulu hörte es ganz gut, beugte von Boeme sich nun zu Germaine, die verzückt und lachend dalag und flüsterte ihr zu:

Meine Teure, wissen Sie noch, was wir verabredet haben? . . .

Bestehen Sie wirklich auf die Ausführung ihrer Idee, sagte Germaine, indem sie den Kopf abwandte, aber sehen Sie doch selbst, wie wollen Sie erreichen, dass so ein großer Gegenstand wie ihr Speer, in eine so enge Öffnung eindringen kann?

Versuchen wir es immerhin, meine Teuerste! Sie werden sicher später dafür schwärmen, ich bin dessen sicher, und mit etwas freundlichem Entgegenkommen ihrerseits, werde ich meinen Liebespfeil bis an die Troddeln hineinstoßen.

Oh, ich wage es nicht, antwortete Germaine, es ist lächerlich, aber ich schäme mich, diese Seite meines Körpers zu zeigen, wie soll ich mich denn überhaupt hinlegen? Sie sehen also, dass ich alles tun will, was Sie von mir verlangen.

Herr von Boeme veranlasste Frau von Mustelle, sich auf alle vier zu stützen und den Kopf vornüber zu beugen, so dass sie schön ausgespreizt ihre runden fleischigen Hinterbacken zeigte. Die Frau errötete stark bei dem Gedanken an die ungünstige Stellung, welche sie jetzt einnahm und war infolgedessen fieberhaft erregt.

Dieser Zustand verschlimmerte sich zusehends, als von Boeme sich zwischen ihre Schenkel niederkniete, ihre Hinterbacken mit beiden Händen auseinanderzog und seine Zunge in das kleine offene Popoloch hineinzwängte.

Oh . . . Oh . . . Was machen Sie da . . . Sie kitzeln mich . . . Oh mich da zu küssen . . . und doch ist es so köstlich . . . Oh, was sind Sie für ein lasterhafter Mensch. Ja küssen sie nur dort weiter . . . ich bin zu allem bereit.

Herr von Boeme hatte sich erhoben und Lucette sah, wie er die Spitze seines großen Speeres dem Popoloch ihrer Mutter näherte. Er zielte auf das rosige Löchlein und drang etwas ein. Germaine stieß einen ängstlichen Schrei aus

Oh . . . wie . . . ich hatte es Ihnen doch gesagt, dass es wehtun wird!

Sie können von dort aus nicht eindringen. Benutzen Sie Ihre Zunge, wenn Sie wollen, aber nicht diesen großen Gegenstand.

Haben Sie Vaseline, Germaine, erwiderte Herr von Boeme kurz.

Oh, Sie Bösewicht wollen es also doch versuchen, den Eingang zu erzwingen? Ja, ich habe Vaseline, Sie finden sie in jener Schublade . . . ja da . . . die kleine rote Schachtel.

Kleine Sünderin, sie haben sie wohlweislich zurechtgestellt, denn sie zweifelten nicht, dass wir dieselbe benötigen würden, um bei der Entjungferung dieses kleinen süßen Hinterns zum Ziele zu gelangen. Sehen Sie, auf diese Weise wird er gut eindringen, meine Liebe.

Während er so sprach, bestrich er die Darmöffnung der Frau mit Vaseline, sodann führte er versuchsweise seine Finger in den Mastdarm und es gelang dies schmerzlos. Als alles fertig war, nahm er seine Stellung hinter ihrer Mutter wieder ein, die den Hintern, der nun eingefettet war, vorstreckte und den Angriff, wenn auch mit bangem Herzen, entgegensah.

Ihr Liebhaber ließ sie nicht lange warten. Mit einem kräftigen Stoß drang er in die Festung ein, den schmalen Zugang im Umfang seines Liebespfeiles erweiternd.

Germaine stieß einen entsetzlichen Schmerzensschrei aus und versuchte sich loszulösen, aber schon hatte von Boeme in seiner ganzen Strenge hineingestoßen und vollbrachte auf diese Weise sein Opfer. Er schob seine Hand unter den Leib der jungen Frau, und während er seine Stöße beschleunigte, kitzelte er geschickt an der verlassenen Liebesgrotte.

Durch diese doppelte Berührung verfiel ihre Mutter in eine wilde ungezügelte Wollust. Ihr Hinterteil geriet in hüpfende Bewegung und sie, sie selbst war es, die die Bewegungen des Fleischbolzens beschleunigte, indem sie ihren Hintern herausdrückte und im nächsten Augenblick wieder zurückzog, so dass sie den Körper ihres Liebhabers auf ihren fleischigen Hinterteil aufliegen fühlte. Ihre Ergießung erfolgte auf die

Hand von Boemes, der sie zwischen den Schamlippen aufgereizt hatte. Im gleichen Augenblick spritzte er wieder seinen sprudelnden Samen in ihren Hintern.

Sodann fielen beide auf das Bett zurück, entkräftet durch die Heftigkeit des „Kampfes“, verwirrt keuchend, die Augen aber erglänzten in voller Seeligkeit.

Lulu, die dieser Liebesszene äußerst aufgeregt zugesehen hatte, wartete bis ihre Mutter eingeschlafen war. Dann enteilte sie so leise wie möglich und kroch in ihr Bett; ganz erregt und bestürzt von dem, was sie erlebt hatte.

Er hat ihr seinen großen Speer in ihren Hintern gestoßen, das war es also, wogegen Mamma sich letzthin sträubte, dachte sie, aber Mamma hat Unrecht, denn die Sache hat ihr anscheinend recht gut gefallen.

Hierauf durchlebte sie nochmals die schlüpfrigen Szenen in Gedanken und spielte sich dabei voller Erregung ganz langsam, um den Genuss noch zu erhöhen, solange an ihrem Geschlechtsteil herum, bis sie ermattet seufzte.

Ihre freigebliebene Hand verirrte sich in die heiße Spalte ihres Hintern, während ein spürender Finger das versteckt liegende Löchelchen suchte und dort dann tief hineindrang. Dann zog sie ihn raus und führte ihn an ihr Näschen.

Der starke und eigenartige Geruch, der dem Finger entströmte, missfiel ihr nicht, sie fuhr fort zu onanieren bis ein zweiter Erguss erfolgte. Erschöpft schlief sie ein und träumte von einem großen Speer, der ihr hinten eindrang, ohne dass sie Gefahr lief, ihre Ehre als junge Frau von Welt, einzubüßen.

ERSTES BUCH

DRITTES KAPITEL

Miss Kettys Erlebnisse

Wie dieselbe Lucette in die lesbische Liebe einweiht

Eine Unterrichtsstunde, die nicht zu den verlorenen zählt

Die schöne Engländerin ließ, wie wir schon erwähnt haben, Lucette ungefähr alles tun, was diese wollte. Dies kam daher, weil sie Lulu sinnlich liebte und nur auf die Gelegenheit wartete, um der jungen Frau ihre Zuneigung zu offenbaren. Sie verbarg unter einem scheinbar ehrbaren und zurückhaltenden Auftreten, einen liebesbedürftigen Charakter nach dem Beispiel der hübschen Mädchen von Mitylene, die ihren perversen Neigungen Geschlechtsgenossen gegenüber, freien Lauf ließen. Sie war eine zügellose junge Frau, aber von anmutigem und reizendem Aussehen, bei dem sich die lasterhaften Eigenschaften schon lange vor dem zwanzigsten Jahre bemerkbar gemacht hatten.

Ganz jung, von guter Familie, wohnte sie bei ihren Eltern in Brighton und dort war es auch, wo sie zum ersten Mal in die Mysterien der Liebe eingeweiht wurde.

Wie sie - nach englischer Sitte - einstmals allein und nur von einer Freundin begleitet am Strande spazieren ging, machte sie die Bekanntschaft eines Obersten der Indischen Kolonialarmee, der Sir Aarwood hieß.

Dieser ehrwürdige Gentleman liebte die verbotenen Früchte und warf auch sofort ein Auge auf die beiden jungen Damen, die, leicht zugänglich, seiner Annäherung Vorschub leisteten.

Eines Tages sprach er Ketty an und überreichte ihr edle Pralinen, ebenso gab er Jane, ihrer Freundin, Pralinen. Diesmal beschränkte er sich noch darauf, beide abzuküssen und verfolgte keine weiteren Absichten. Aber am folgenden Tage, als er die beiden jungen Damen abgesondert hinter einigen Klippen erblickte, welche die Frauen vor den Augen der Neugierigen verbargen, näherte er sich ihnen und versuchte sie zu umarmen.

Ketty wies ihn nicht zurück. Sie sträubte sich zwar ein wenig, wie das eine junge Frau so tut. Dennoch entzog sie ihm aber

ihre Lippen nicht und duldete es, dass die Hände des Fünfzigjährigen ihren Körper abtasteten.

Sir Aarwood führte seine fiebernden Hände über ihre Hüften, die sich deutlich abzeichneten und über die festen Rundungen des Hintern, was das junge Fräulein stillschweigend duldete. Ermutigt durch diesen Erfolg, versuchte der Oberst die Röcke von hinten aufzuheben und seine Hand über das rosige Fleisch zu führen, das er schon neulich erblickt hatte, als sich Ketty niedergebückt hatte, um ein kleines Bedürfnis zu verrichten.

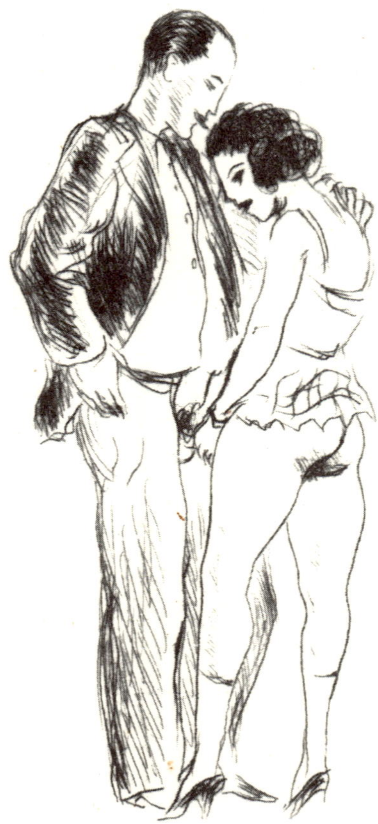

Ketty sträubte sich zum Schein, ja, sie stieß sogar einen leisen Schrei aus, als die kalte Hand des Obersten über das geschmeidige und heiße Fleisch ihrer Schenkel hinglitt.

Au! . . . Was machen Sie? Hören Sie auf . . . oh . . . wenn man das sehen würde!

Keine Gefahr, meine Kleine, außerdem wird Ihre Freundin aufpassen, sagte der Graubart, dessen Finger schon die erhitzte Liebesrose kitzelten.

Jane, weniger keck als ihre Freundin, und ein wenig furchtsam im Hinblick auf die Folgen, die dieses Abenteuer zeitigen könnte, war froh, sich mit der Nebenrolle einer Aufpasserin abfinden zu können.

Inzwischen war der Oberst hinter Ketty auf die Knie gesunken. Ketty war erregter, als sie sich den Anschein gab und überließ sich willig allen Handlungen des alten Herren.

Die fiebernden Hände des vor Leidenschaft erfüllten Obersten hoben ihre Röcke auf, erweiterten die Röcke ihres Beinkleides und entblößten die sinnenbetörende Rundung eines schön gewölbten Hinterns, der den kühnsten Erwartungen voll entsprach.

Der Oberste berauschte sich an dem Anblick, fasste mit zitternden Händen die schöne Fleischfrucht, öffnete das schöne ambrosig duftende Gesäß und entdeckte auf dem Grunde der Spalte, das bräunlichgefärbte Löchelchen des hübsch entwickelten Afters. Die aparte Fleischfarbe der versteckten Öffnung dieses jungfräulichen Geschöpfes bewirkte, dass er sich vollends aufregte.

Er küsste diese kleine hintere Mundöffnung und versteckte seine Zunge in das eigenartige, aber anbetungswürdige Loch. Ketty lachte, da es kitzelte, sie war an dieses Spiel durch ihre Freundin gewöhnt, empfand aber einen größeren Genuss, als bei Jane. Vor allem war es diesmal ein Mann, der sie küsste,

und allein dieses Bewusstsein entzündete Begierden und Leidenschaften in der feurig brennenden Liebesmuschel des jungen Frau.

Der Oberst überdrüssig, die Liebkosung seiner Zunge lediglich dem Hintern Kettys zuteil werden zu lassen, drehte Ketty herum, und indem er seine Hände unter das Gesäß des Fräuleins stützte, drückte er seine vor Wollust zitternden Lippen auf den weißen und glatten Leib Kettys und auf die flauschige Scham.

Ketty kannte auch dies Vergnügen bereits, und schnell machte ein Zucken ihre Schenkel erzittern, sie breitete dieselben weit auseinander und die Lippen ihres Anbeters hatten freien Zugang in ihre verlockende Schamspalte. Seine Zunge berührte den Kitzler, welcher aufgeregt anschwoll, dann schob er sie in die Tiefe des Körpers.

Ohne Scham überließ sich Ketty allen Regungen seiner Launen, drückte ihm ihren Bauch entgegen und zog die Schenkel noch weiter auseinander, als wenn sie den Kopf des Obersten ganz in sich aufnehmen wollte, und die halbgeschlossenen Augen trübten sich unter dem Herannahen der Verzückung.

Ich ... genieße ... es kommt ... stieß sie mit einem kleinen Ohnmachtsschrei heraus, und der Oberst, der zwischen ihren Schenkeln kniete, trank gierig den Nektar, der ihrer nassen Schamspalte entfloss.

Mit lebhaft gerötetem Gesicht und sinnlich leuchtenden Augen erhob sich der Oberst und küsste Ketty auf den Mund.

Und Ihre Freundin, fragte der Oberst?

Oh, lassen Sie Jane wenigstens für heute in Ruhe.

Zum mindesten aber sehen Sie ... sich das ... an. Er knöpfte seine Hose auf, hob das weiße Hemd in die Höhe, das sich

über einem Wald brauner Haare blähte und zog vor den Augen Kettys, die gerade Säule mit dem rosigen Kopf seines männlichen Gliedes hervor, das vor Begierde ganz steif war. Ketty sah ganz verwirrt diesen Speer an, wagte aber nicht, ihn mit der Hand zu berühren.

Fassen Sie ihn an, befahl der Oberst.

Sie nahm ihn in die Hand und umspannte ihn. Er war heiß, hart und voller Leben. Unter dem Druck ihrer weichen Hand fühlte sie, wie er immer mehr anschwoll, und sein roter Kopf, der schon jetzt schlüpfrig und feucht war, sich noch mehr rundete.

Jane, die noch immer auf Wache stand, hatte sich umgewandt; auch sie war neugierig auf dieses zur Sichtstellung des männlichen Geschlechtes, und so sah sie denn, wie ihre Freundin nach genauen Angaben des Obersten den Speer auf und abstrich.

Der Erfolg ließ auch nicht auf sich warten. Die Erregung, der Anblick und die Hingabe der geschlechtlichen Reize der jungen Ketty, die scheinbare Unerfahrenheit, welche sie in ihren Liebkosungen bewies, alles dies trug dazu bei, dem vom Glück begünstigten Oberst in den siebenten Himmel zu versetzen. Schon erzitterten seine Schenkel, und unter einer heftigen Erregung, welche die Hand Kettys seinem Speer versetzte, entlud er schließlich.

Der Samen spritzte zwei- oder dreimal heraus, befleckte das Gras und die Hand der jungen Frau. Diese war mehr als erstaunt und wusste nicht, wie sie sich diese plötzliche Überschwemmung erklären sollte. Sie besah sich ihre mit dem weißen Saft bedeckten Hände, und der Geruch des männlichen Samens, weit davon entfernt ihr Ekel einzuflößen, zog sie vielmehr an. Sie spitzte ihre Zunge und kostete diese Flüssigkeit, die an Mandelmilch erinnerte.

Sie verzog das Gesicht und ihre großen Augen, die durch die Liebe und die Lasterhaftigkeit geprüft waren, sahen den Verführer staunend an.

Der Oberst gab, jetzt wo er genossen hatte und sich seine Übereilung zum Vorwurf machte, Ketty und Jane einige oberflächliche Erklärungen über den Ursprung und die Nützlichkeit dieses weißen Saftes, den die Hand der jungen Dame hervorgezaubert hatte, ähnlich wie dies die Finger einer Kuhmagd tun, die aus den rosigen Spitzen der Kuheuter, die Milch herausspritzen lässt.

Bevor er von seinen neuen Freundinnen Abschied nahm, versuchte er schnell noch die Röckchen Janes hochzuheben. Das Fräulein wehrte sich zwar, aber unter dem dünnen Stoff des Höschens, das keusch geschlossen war, konnte der alte Herr das junge Fleisch einer dem Anschein nach gut behaarten Scheide fühlen. Mit einem Finger drang er, nachdem er den Stoff beiseite geschoben hatte, ein klein wenig in die Öffnung des Afters ein, was allerdings die junge Frau veranlasste, die Beine zusammenzuziehen und einen kleinen Schrei auszustoßen.

Vorläufig war es unmöglich, weiterzugehen, der an sich doch recht freiliegende Strand, wenn er auch wenig belebt war, erschien ihm durchaus nicht geeignet für derartige Liebesspiele. Er verabschiedete sich bis zum nächsten Tage.

Maud, das Dienstmädchen Kettys, war es, die aus dem neuen Erlebnis Nutzen zog. Ketty, nervös und in lebhafter Überhitzung ihrer Phantasie, welche die Zärtlichkeit des Obersten bei ihr ausgelöst hatte, brauchte ein Ventil.

Noch am gleichen Abend erhob sie sich und stieg die Treppe zum Zimmer der Dienstmagd hinauf, das sich im dritten Stockwerk im Hause ihrer Eltern befand. Kettys Mutter und Vater schliefen bereits.

Keuchend und mit bloßen Füßen schmiegte sie sich an den heißen und fleischigen Körper der schönen Maud, in deren Bett sie sich gelegt hatte.

Ihr niedlicher runder Popo drückte sich auf den Leib von Maud, Ketty fühlte, wie das wollige süße Vlies zwischen ihrem Hintern und ihrem Leib kitzelte. Nun umfasste sie die niedliche Maud und versetzte ihr in regelmäßigen Rhythmen Bauchstöße gegen ihren Hintern, so den Beischlaf vortäuschend.

Mauds Finger suchte im Grund der Scheide die kleine rosige Knospe, welche die Wollust auslöst. Ketty in voller Erregung, breitete die Schenkel weit auseinander, und war ganz Hingebung, als Maud gar ihren Mund auf ihre Liebesmuschel drückte. Sie seufzte und girrte vor Lüsternheit, wie ein junges Kätzchen.

Maud, die es gerade in dieser Kunst der Liebe zu einer gewissen Fertigkeit gebracht hatte, führte ihre Zunge mit zitternder Bewegung in die heiße Liebesgrotte. Ketty ergötzte sich an der Erregung Mauds, die vor Sinnlichkeit röchelte, fast noch mehr, als sie selbst, die doch den Genuss durch das andauernde Lecken an der Scheide auskostete. Ketty begann sich in Zuckungen zu winden und rief:

Oh . . . oh . . . Maud . . . mein Lieb . . . ling, küsse ein wenig höher . . . oh ja, so . . . Dein Finger . . . ja . . . in mein kleines Loch . . . stoße hinein . . . noch tiefer . . . stoße.

Durch die krampfhafte Erregung straffte sich der Körper Kettys, in deren Löchelchen Mauds Finger geschickt arbeitete. Ketty drückte sich an die Seite, umschlang mit ihrem wohlgeformten Schenkel den Hals ihrer Bettgenossin, mit ihrem Kopf Mauds Liebesgrotte erreichend.

Sie saugte an deren Scheide mit größtem Nachdruck, die Augen geschlossen. In dieser Stellung hob sie ihren Körper

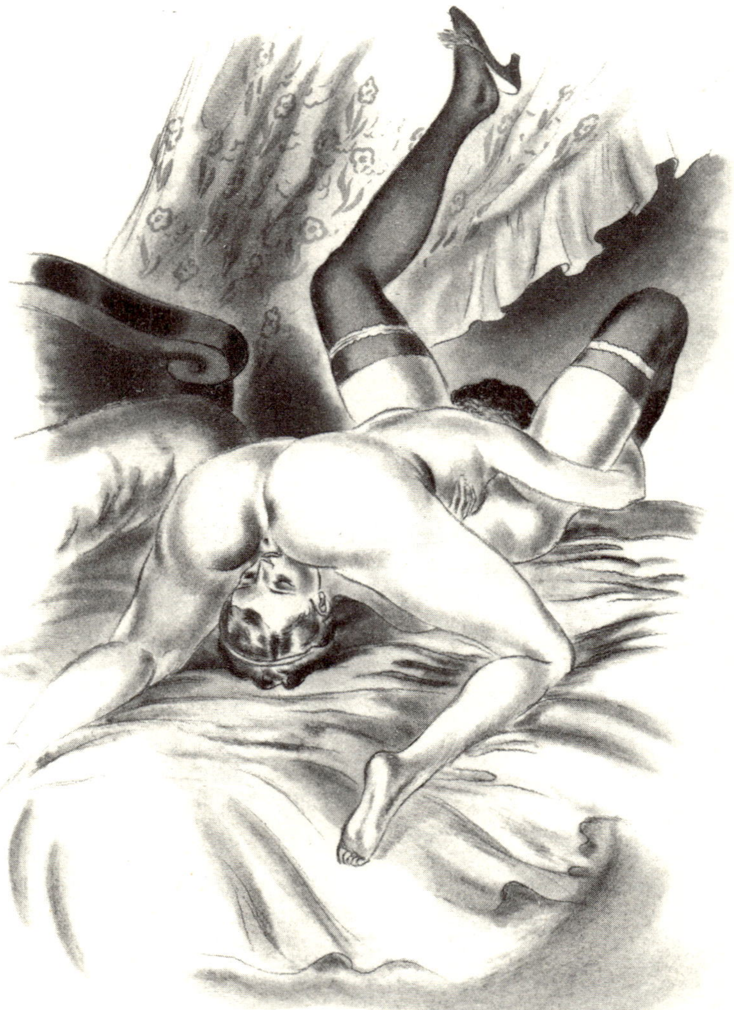

etwas in die Höhe, so dass ihre Grotte gerade gegenüber Mauds Gesicht zu liegen kam. Diese zog Ketty näher an sich und drückte ihre Zunge, so tief wie sie es konnte, hinein.

Die Eigenart dieser Liebkosung, die sich auf die geheimste, diskreteste Stelle der jungen Frau erstreckte, berauschte sie. Ketty, welche diese Art der Liebe hoch schätzte - weil sie die andere Art noch nicht kannte - straffte ihr Kreuz und drückte ihren Popo heraus, um so die Arbeit des Dienstmädchens erleichternd. Gegenseitig verdoppelten sie ihre Liebkosungen und genossen beide zu gleicher Zeit.

Die Nacht endete nicht wie sie begonnen hatte, denn nachdem sie ihre Zärtlichkeiten ausgetauscht hatten, zog sich Ketty wieder in ihr Zimmer zurück. Nebenan schliefen noch immer die Eltern, die natürlich nichts von allem gehört hatten.

Einige Jahre später kehrte Ketty, nachdem sie ihr Studium beendet hatte, in das Elternhaus zurück. Sie war so lasterhaft wie zuvor, aber jetzt hatte sie nicht mehr ihre Maud zur Verfügung, die zu allen Tollheiten bereit gewesen war.

So langweilte sich Ketty mächtig in Brighton. Keiner Sache konnte sie mehr Geschmack abgewinnen, sie sah sich gezwungen, um ihren Gelüsten frönen zu können, in ihr Zimmer zu gehen und sich selbst zu befriedigen.

Sie legte sich auf ihr Bett im Hemd und Unterrock, und onanierte mit wohliger Spitzfindigkeit. Manchmal tat sie es, indem sie ein Licht benutzte, manchmal gab sie sich ein Klistier.

Gerade dies eigenartige Vergnügen war ihr angenehm, sie fühlte, wie die Flüssigkeit in köstlicher Weise in sie eindrang, langsam, ganz langsam, denn sie milderte den Strahl des Irrigators, indem sie den kleinen Kupferhahn fast schloss. Sie genoss die Wollust in einer gewissen Stärke und Dosierung.

Ihre Schenkel wurden mit der herausquillenden Flüssigkeit überschwemmt, und sie selbst sank mit lüsternen Empfindungen wie eine Tote auf ihr Bett zurück.

Ketty hatte eine Freundin, namens Magde, die um zwei Jahre älter war als sie selbst. Gleichfalls den Liebeslastern ergeben, war sie groß und blond, interessierte sich aber viel mehr für die Männer, als sie.

Eines Tages, als Ketty allein mit ihr im Zimmer war, zog sie aus dem Umstand Nutzen, als Magde im Korsett und Unterbeinkleid dastand, um mit flinker Hand in den halb geöffneten Schlitz der Hose einzudringen.

Nein, nein, lass das . . . lass mich in Ruhe, empörte sich Magde. Dummerchen, erwiderte Ketty, ich will ja nur sehen, wie es bei Dir ist.

Magde willigte ein, zog selbst den Schlitz ihres Höschens auseinander und harrte auf das, was Ketty vorhatte. Von dem Anblick des frischrosigen Fleisches ihrer Freundin, von dem drallen Hintern und dem halbgeöffneten Tempel, den man zwischen den Schenkeln inmitten rötlichen Haares erblickte, konnte sich die lasterhafte Ketty nicht mehr zurückhalten. Sie warf sich auf die Knie und wüstete geradezu mit ihrer Zunge in dem heißen Tempel der Freude.

Diese überrascht, jedoch gekitzelt, aber etwas geärgert über diese weibliche Liebkosung, die ihrer Geschmacksrichtung nicht entsprach, flüchtete schnell zur anderen Seite des großen Zimmers und trocknete ihr durch die Zunge nassgewordenes Geschlechtsteil ab. Ketty war einigermaßen bestürzt.

Was bist Du für ein Ferkel, rief Magde aus, indem sie doch lachte.

Das gefällt Dir nicht, antwortete Ketty? Warum eigentlich nicht? Wenn Du wüsstest, wie man sich diesen Genuss vervielfältigen kann . . . Oh, ich würde Dich überall hin

küssen und alles tun, was Du überhaupt verlangst, selbst vor den hässlichsten, schmutzigsten Dingen würde ich nicht zurückschrecken.

Die Mutter von Magde kam plötzlich herein und unterbrach diese Unterhaltung, die möglicherweise mit einem Erfolg der Überzeugungskünste Kettys geendet hätte.

Ketty hatte ihr Interesse nicht alles der lesbischen Liebe zugewandt, sie ersehnte vielmehr den Mann, besonders seit dem Tage, als sie als junge Frau am Strand ein männliches Zeugungsorgan, das die Gedanken so vieler hübscher Mädchen beschäftigt, vor Augen gesehen und in der Hand gehabt hatte. Vertrauliche Mitteilungen verheirateter Frauen hatten ihr das Wasser im Munde zusammenlaufen lassen. Jane, ihre damalige Freundin vom Strande von Brighton, war bereis verheiratet und schilderte ihre Brautnacht immer mit Worten wie:

Oh, meine Liebe . . . es war himmlisch! Wenn Du wüsstest, wie gut es tut. Zu Beginn schmerzt es ja etwas, dann aber dringt der Speer leichter ein . . . es ist so gut, dass man fast vor Glück sterben möchte.

Auf diese Schilderung hin, welche die Sinne der jungen Frau heftig erregten, folgte eine Begebenheit, die Ketty veranlasste, ihr Elternhaus zu verlassen.

Ketty war, wie wir wissen, nicht ohne Fehler. Als ihr Vater ihr Vorwürfe über ihr komisches Benehmen machte, antwortete die junge Dame in unverschämter Art und Weise. Darauf wurde ihr Vater zornig und schwor bei allem, was ihm heilig sei, dass nichts ihn hindern würde, diesen Trotz zu beugen, selbst wenn er ihr die Röcke hochheben solle, um sie zu züchtigen. Unglücklicherweise wollte er den Worten die Tat folgen lassen.

Ketty, die ja jetzt schon eine junge Dame geworden und sehr

durchdrungen von ihrer eigenen Persönlichkeit war, wollte sich nicht schlagen lassen und verabfolgte ihrem Vater eine schallende Ohrfeige, als sie fühlte, dass er ihre Röcke hochheben wollte.

Die Auseinandersetzung artete in eine förmliche Schlägerei aus. Ketty bekam einen Nervenzusammenbruch und verließ gleich am folgenden Tage das Haus ihrer Eltern mit 400 bis 500 Frs. an Ersparnissen.

Ketty war durchaus nicht dumm, und wusste, wie schwierig es ist, sich durch das Leben zu schlagen. Sie begab sich sofort auf die Suche nach einer passenden Stellung, welche ihr den Lebensunterhalt zu sichern vermochte. Wenn sie auch - infolge falscher Erziehung - lasterhaft war, so widerstrebte ihr, trotz ihres zügellosen Temperamentes, die Prostitution.

Sie suchte vielmehr ihre Kenntnisse und Fähigkeiten auszunutzen, um eine auskömmliche Stellung zu finden. Sie sprach gut französisch, hatte Universitätsdiplom, spielte Klavier und verfügte außerdem über gute Kenntnisse der Stenographie. Damit wollte sie sich durchschlagen.

Ihre Annahme war richtig. Sie kam nach Paris und bekam eine Stellung als Stenotypistin bei einem Journalisten, einem Herrn Antinie Lapouce, der korpulent und als Lebemann bekannt war. Freilich hatte er die 50 schon überschritten.

Herr Lapouce liebte die Lichtseiten des Lebens, gleichviel in welcher Form sich dieselben darboten. Er bewunderte mit Kennerblick die schöne Figur, die schlanke Taille und die vollen Formen der jungen Dame. Der Vertrag wurde schnell abgeschlossen, Ketty bekam 150 Frs. monatlich und Nebeneinnahmen, wie Herr Lapouce mit verständnisvollem Lächeln hinzufügte. Ketty war im siebenten Himmel.

Schon am nächsten Tage trat sie ihre Stellung an, die

eigentlich ziemlich leicht war, wenn auch ein wenig unpassend für eine ehrbare, zurückhaltende, junge Frau. Aber Ketty war weder das eine noch das andere, und sie erledigte ihre Arbeiten mit einer gewissen, interessierenden Neugierde.

Herr Lapouce beschäftigte sich nämlich mit der Übersetzung erotischer Artikel und es war Kettys Aufgabe, diese bedenklichen Stellen der Liebesfreuden abzuschreiben. Sie lernte deren dabei in allen Schattierungen kennen, alle erotischen Regelwidrigkeiten prägten sich ihrem Gedächtnis ein und lösten in ihrem erregten Hirn Vorstellungen aus, denen sie Abends in ihrem Bett unter Zuhilfenahme eines geschickten und zarten Fingers Wirklichkeit zu verleihen trachtete.

Früh morgens erschien sie dann im Büro mit großen, ermüdeten, blau umränderten Augen.

Fräulein Ketty, sagte einmal Herr Lapouce, ihre Augen sehen recht ermüdet aus. Sie haben sicher ihren kleinen Liebhaber überanstrengt.

Aber nein, wie lächerlich, ich habe ja gar keinen Liebhaber.

Was sagen Sie, so ein hübsches Ding wie Sie, Sie hätten keinen Liebhaber, um abends Dummheiten machen zu können?

Nein, sage ich! Hören Sie damit auf!

Herr Lapouce versuchte sie auf den Hals zu küssen, und Ketty widersetzte sich mit liebenswürdigem Anstand, aber auch mit Energie, denn noch war sie Jungfrau und wollte ihre Jungfernschaft nicht an den dicken Herrn Lapouce verlieren. Sie legte zwar wenig Wert auf dieses Diplom weiblicher Ehre, aber immerhin wollte sie von einem hübschen, jungen Liebhaber entjungfert werden, den sie gern hatte, und der ihr alle Zärtlichkeiten erweisen würde, die sie fest entschlossen war, in vollem Umfange zu erwidern,

ohne irgendwie zu handeln. Eines Tages zeigte sich Herr Lapouce besonders unternehmend der jungen Engländerin gegenüber.

Ketty hatte sich eben gebückt, um einen zu Boden gefallenen Bleistift aufzuheben und zeigte in dieser Stellung die hinteren beiden Halbkugeln, die sich unter dem eng anliegenden Kleid deutlich abzeichneten. Er konnte sich nicht mehr beherrschen und fuhr ihr mit der Hand unter die Röcke.

Das Beinkleid Kettys war geschlitzt.

Noch bevor sie sich von ihrer Überraschung erholte, hatte ihr Chef einen Finger in die geheimnisvolle Öffnung ihres süßen Liebestempel geführt. Schon fühlte er ihren kleinen Kitzler, als sich Ketty erhob und ihrem Chef eine Ohrfeige verabfolgte.

Es entspann sich ein Ringkampf, in dessen Verlauf er sie auf das Sofa zu werfen versuchte, um sie dort zu vergewaltigen. Seine Erregung hatte sich auf das Höchste gesteigert.

Ketty wehrte sich mit allen Kräften, als nun aber Herr Lapouce ihre Röcke hochhob, ihr Beinkleid zerriss und ihre wohlgeformten Schenkel bloß legte, erfasste sie den Speer ihres Chefs, welchen dieser schon herausgezogen hatte, und biss kräftig hinein.

Der Schmerz veranlasste ihn, Ketty loszulassen, und diese hatte ihre Ehre noch einmal gerettet. Sie kehrte nach diesem

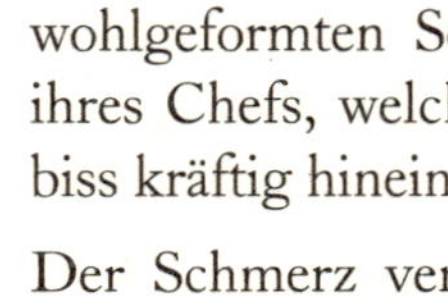

Zwischenfall nicht wieder zu ihrem Chef zurück. Eine Freundin empfahl sie einige Zeit nachher an Frau von Mustelle, diese zögerte nicht, sie für ihre Töchter als Erzieherin zu engagieren.

Diese kurzen Ausführungen kennzeichnen die Persönlichkeit der liebreizenden Miss Ketty, auch war diese kleine Biographie erforderlich, um den Lesern den weiteren Verlauf der Begebenheiten zu begründen, sowie die geringe Zurückhaltung zu erklären, die Ketty angesichts der Nacktheit ihrer Schülerin Lucette, jede Scham und jeglichen Anstand außer Acht setzen ließ.

Eines Morgens, als Lucette noch länger zu schlafen wünschte, teilte sie Miss Ketty mit, dass sie krank sei. Ketty nahm dies zur Kenntnis und machte ihrer Gnädigen davon Mitteilung, die daraufhin den Arzt kommen ließ.

Dieser, ein alter Landarzt, untersuchte die Kranke, und als er sah, dass dieser nichts fehlte, glaubte er, ihr einen Possen spielen zu können, indem er auf dem Rezept ein lauwarmes Klistier zu verabfolgen vermerkte. Frau von Mustelle warf einen Blick auf die Verordnung und beschränkte sich darauf zu sagen:

Nun wohl Ketty, Sie werden veranlassen, dass die Verordnung des Arztes ausgeführt wird. Sie werden einen Irrigator in meinem Toilettenzimmer finden.

Ketty verneigte sich, und beeilte sich, eine Spritze zu holen, welche sie gleich in der Küche füllen ließ.

Ist sie für Sie bestimmt, fragte Firmius scherzend, als er die Engländerin mit der Spritze vorbeigehen sah. Ketty antwortete nichts, sie zuckte nur die Achseln, was Alice, die die Erzieherin nicht leiden konnte, veranlasste zu sagen:

Was glaubst Du denn Firmius, Miss ist viel zu rein, um derlei nötig zu haben, so etwas nehmen nur gewöhnliche Leute.

Mit der Spritze in der Hand, begab sich Miss Ketty in das Zimmer Lulus, die sich faul in ihrem Bett rekelte.

Das ist für Sie bestimmt, Lucette, der Doktor hat es so verordnet! Drehen Sie sich herum, damit ich Ihnen den Einlauf verabfolgen kann, sagte Ketty leise, indem sie ihr die Spritze

zeigte. Lucette, ein wenig schamrot, präsentierte ihrer Erzieherin ihren kleinen, gerundeten Hintern, der nur zu bereit war, den Inhalt der Spritze in sich aufzunehmen.

Als die Engländerin die Halbkugeln ihrer „Schülerin" auseinanderbog, um die Kanüle in die Öffnung einzuführen, zitterten ihre Hände derartig, dass sie im Begriff war, das Instrument fallen zu lassen. Lucette schon durch den Gedanken erregt, ihren Hintern und die Geschlechtsteile sehen zu lassen, ließ alles mit sich gefallen. Sie nahm die ganze Flüssigkeit in sich auf und war im Begriff ihr Hemd fallen zu lassen, als sie fühlte, dass der Mund von Miss Ketty sich auf ihre Schamlippen drückte und ihre Zunge energisch Eingang zu ihrem Wonnetempel erarbeitete. Sie fühlte mit Wollust die Zunge an ihrem Kitzler und unterdrückte einen Seufzer der Freude.

Trotzdem es ihr sehr angenehm war, konnte sie nicht erklären, wie Miss Ketty, die so keusch und unnahbar schien, ihr Geschlechtsteil küssen konnte. Sie sah mit ihrem hübschen, vor Vergnügen wie mit Blut überfluteten Gesicht, Ketty an.

Diese, womöglich noch geröteter als Lulu, drückte ihr voller Genuss die noch feuchten Lippen auf diejenigen des jungen Fräuleins. Lulu konnte dieser Aufforderung nicht widerstehen, warf sich an den Hals der ebenfalls noch jungen Gouvernante und gab ihr einen langen, innigen Kuss.

Oh . . . wir werden jetzt noch oft genießen, hauchte Ketty mit aufgeregter Stimme.

Jaaaa . . . sagte Lulu, indem sie sich ihrer Grotte befühlte, aber zunächst muss ich . . . es ist dies starke Klistier in seiner Wirkung.

Sie verschwand, und kam nach einer kleinen Weile mit zufriedenem Gesicht zurück. Nun warf sich Ketty vor sie auf die Knie, umklammerte ihre Knie, weitete die Schenkel und

saugte die lauwarme Flüssigkeit der Schamlippen.

Oh . . . warte . . . ich will mich erst richtig waschen, sagte Lulu, ohne sich aber der Liebkosung zu entziehen.

Oh . . . ich bin vernarrt in Dich . . . in Deinen Körper, überhaupt in alles was Deine Figur bietet . . . nichts ist bei Dir abstoßend . . . meine Teure . . . mein Liebling.

Beide warfen sich auf das Bett, und die Hände Lulus öffneten das Korsett Kettys.

Jetzt werde ich Dich in gleicher Weise bedienen, sagte Lulu zeige mir Deine Grotte, damit auch ich daran sauge, wie Du es bei mir getan hast.

Im Handumdrehen war Ketty im Unterhöschen, aus ihrem Spitzenhemd leuchteten ihre zwei kleinen harten Brüste hervor. Lucette nahm diese unter Liebkosungen in ihre Hände, und befühlte sie vorsichtig mit der liebenswürdigen Miene einer kleinen Feinschmeckerin.

Reizend in ihren Stellungen, umarmten sie sich. Beide saugten sich gegenseitig an den harten Brustwarzen, bevor sie dazu übergingen, dies auch unten zu tun.

Ich möchte gern einen so schönen Hintern haben wie Du, sagte Lulu, lege Dich doch so, dass ich ihn küssen kann.

Ketty bog sich, und bot in der Tat einen prachtvollen Popo dem Blick dar. Unter ihm sah Lulu eine herrliche Grotte, umrahmt von herrlichen Löckchen.

Darauf hast Du mich vorhin geküsst, jetzt ist die Reihe an mir, das Gleiche zu tun. Siehst Du, wie gut meine Zunge eindringt! Es ist ein herrliches Gefühl, Du wirst es mir nachher wieder sagen.

Ketty kam der Liebkosung von Lulu entgegen, indem sie ihre Grotte dem Gesicht ihrer Freundin näher presste, deren Zunge ihr solche Wonne bereitete. Aber die einleitenden

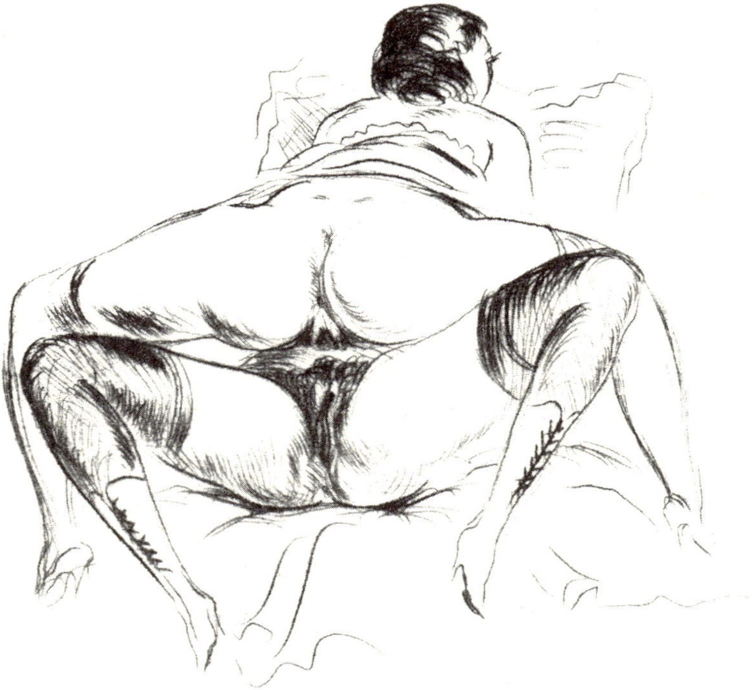

Zärtlichkeiten verfehlten nicht, Lehrerin und Schülerin auf den wahren Weg der Wollust zu weisen. Ketty, die es liebte gleichzeitig ihre Zärtlichkeiten auszuteilen und zu empfangen, schlug eine Stellung vor, welche sie auf einem Bild gesehen hatte.

Sie warf sich auf den Rücken und bat Lulu, sich auf ihren Leib zu legen, mit dem Kopf nach unten, dass die Liebesgrotte Lulus sich über dem Mund der Engländerin befand, und umgekehrt, die Schamlippen von Ketty der Zunge von Lucette erreichbar blieben.

Sie arbeiteten gleichzeitig, und die beiderseitig gewandten Zungen zitterten über den kleinen Rosenknospen der beiden

Kitzler, die für diese Berührungen gar zu empfänglich waren. Sie beschleunigten oder verlangsamten die Zungenschläge, die eine wie die andere.

Oh . . . ich . . . bei mir . . . oh . . . es kommt . . . seufzte Ketty.

Genießen wir gleichzeitig, antwortete Lulu, aufgeregt von dem Freudenrausch, der sich ihr bemächtigt hatte.

Oh . . . ja, wie ich fühle, es . . . kommt! Oh . . . bit . . . te ein bischen schneller . . . es kommt, es kommt . . . Oh, jetzt!

Sie vermischten ihre Schreie und ihre Münder füllten sich mit dem ausgiebigen Nektar, der aus ihren rosigen Schamlippen herausspritzte.

Ach, wie ist das schön, sagte Lucette, sich auf dem Bett herumwälzend, wie nennt man das, meine liebe Ketty?

Man nennt dies französische Liebe, mein Schatz.

Die Engländerin bemerkte, dass die Augen Lulus verschwommen aussahen und von blauen Ringen umgeben schienen. Als sich Lulu wieder näherte, um nochmals Dummheiten zu machen, suchte sie aus Vernunftgründen die Erregung zu unterdrücken - Lucette wurde zu nervös.

Wir werden es noch einmal machen, bettelte Lucette. Alle Tage, mein Liebling, und wir werden nun neue Genüsse erfinden.

Am folgenden Morgen erwachte Lucette zeitig und lief an das Bett der Engländerin, es war leer. Miss Ketty war in die Stadt gegangen, einige Bücher zu kaufen, die sie benötigte, um das Liebesleben mit ihrer kleinen Freundin fortsetzen zu können.

ZWEITES BUCH

VIERTES KAPITEL

Herr von Boeme und Sir Archibald machen sich gegenseitig Eröffnungen

Sie verfolgen die zwei kleinen Mädchen

Ein eigenartiger Beobachtungsposten

Ein Überblick über weibliche Hinterteile

Abgesehen von den geschlechtlichen Aufregungen, denen sich alle Bewohner des Schlosses im Geheimen hingaben, verlief das Leben in großer Eintönigkeit. Freude löste jedes Mal ein Besuch aus. Heute erfuhr man, dass ein englischer Lord, Sir Archibald, einige Zeit auf den Besitzungen der Frau von Mustelle verbringen würde.

Das wird ein Spaß, rief Lucette übermütig aus, wir wollen uns diesen Hanswurst einmal etwas näher ansehen!

Sir Archibald, dem zahlreiches Gepäck vorausgeschickt wurde, traf am übernächsten Morgen ein.

Er war ein großer, nach neuester Mode gekleideter Engländer. Obwohl schon fünfzig Jahre alt, mochte er fast als Vierziger gelten. Seine kräftige Konstitution ließ ihn jünger erscheinen. Mit Herrn von Boeme waren sie schon vom englischen Hofe her bekannt; sie freuten sich deshalb sehr, sich gerade hier wiederzutreffen. Man munkelte allerdings, dass ihre Freundschaft von einer Orgie in London ihren Ausgang genommen hätte, wobei Männer mit Männern und Frauen mit Frauen sich amüsierten.

Eine vornehme Londoner Dame hatte nicht einmal daran Anstoß genommen, bei solch einer Soiree sich drei Herren nacheinander hinzugeben, eine sogar hatte drei Herren zu gleicher Zeit als Kavaliere. Der eine hatte ihr seinen Schaft in den Mund gesteckt, der andere bewerkstelligte dies auf natürliche Weise, während der Dritte seinen Speer in den Hintern der Patrizierin einstieß.

Kaum, dass Sir Archibald in den Gemächern der Frau von Mustelle sich eingerichtet hatte, hielt Herr von Boeme es für angebracht, ihn über sein Verhältnis zu Frau von Mustelle zu unterrichten. Er machte ihn in diskreter Weise darauf aufmerksam, dass der Platz besetzt und er keinesfalls gewillt sei, denselben zu räumen.

Immerhin, mein Lieber, sagte er, um ihn nach anderer Richtung hin Hoffnung zu machen, glaube ich nicht, dass Sie sich langweilen werden. Es sind nämlich zwei reizende Damen hier, die eine 18, die andere fast 17 Jahre alt. Wenn Sie die Erstlinge lieben und sich geschickt anstellen, so glaube ich, dass Sie Aussicht haben, ein restlos Glücklicher zu werden und zwar in des Wortes vollster Bedeutung. Weiterhin ist eine allerliebste kleine Engländerin im Hause, die ebenfalls nicht abweisend ist, man kann sie wohl als ein reizendes Geschöpf bezeichnen.

Sir Archibald, ein großer Frauenjäger und genauer Kenner auf dem Gebiet der Liebesfreuden, war durchaus nicht darauf erpicht, sich der Gunstbezeugungen zu der Hausherrin zu erfreuen. Er liebte die Abarten der Liebe und sein Fetischdienst erstreckte sich auf die Partie der weiblichen Antonomie, wo die Natur sich so wunderbar offenbart.

Oh, von herrlichen Stunden mit jungen Frauen träumte Sir Archibald von nun an Tag und Nacht und in seinen Fieberphantasien erging er sich in der schönsten Ausmalung von Vergnügungen und Zärtlichkeiten, die mehr als sonderbar anmuteten. Ja, diese würden vielleicht als widerlich empfunden werden, sofern in der Liebe überhaupt etwas abstoßend wirken kann.

Man muss seinen Lastern freien Lauf lassen, pflegte er zu sagen. Ein Laster fängt erst von dem Tage an unwürdig und gefährlich zu wirken, an welchen die anderen, besonders die intellektuellen Fähigkeiten des Individuums, die es ausübt, in Mitleidenschaft gezogen werden. Er bewunderte die Frau in der Erfüllung ihrer natürlichsten Funktion.

Immerhin, dachte Archibald, lässt mir aber mein Laster die volle Freiheit meiner Vernunft und ich lasse mich erst dann bis an die äußersten Grenzen des Erlaubten hinreißen, von dem Augenblick an, in welchem mein Mund in intimste

Berührung mit einem vollkommen schönen Hintern tritt. Dies war seine Philosophie und tatsächlich konnte man von seinem öffentlichen Auftreten in keiner Weise auf die perversen Gewohnheiten schließen, zu welchem er sich in den geheimen Zimmern der Absteigequartiere oder in den Alkoven gefälliger Modedamen hinreißen lies. Sogar Damen der Gesellschaft zeigten sich seinen Gelüsten bereit.

Eine russische Prinzessin, eine junge blonde perverse Dame, die sich aus Neugierde für besondere Abnormitäten interessierte, gab sich seinen Launen hin und machte ihn außerordentlich glücklich. Ein hierauf bezüglicher Zwischenfall, der sich in der von Sir Archibald bewohnten Villa in London abspielte, bedarf besonderer Erwähnung.

Besagte Prinzessin zog sich, gelegentlich eines Teebesuches, vor Sir Archibald vollkommen nackt aus, indem sie jedes einzelne Kleidungsstück von ihm mit dem Munde entfernen ließ. Da dies naturgemäß langsamer von statten ging als sonst, dauerte die Angelegenheit sehr lange, wodurch aber beide ein viel längeres Vorfreudegefühl empfanden.

Sir Archibald hatte sich schon vorher aller seiner Kleidungsstücke entledigen müssen, wodurch die Fürstin Zeit bekam, sich den Körper und den immer strammer werdenden Speer ihrer männlichen Zofe zu betrachten.

Doch wieder zurück zu den beiden Gästen der Frau von Mustelle. Jeder von ihnen hatte eine verschiedene Auffassung von erotischen Dingen. Sir Archibald zog sich für die nächsten Tage etwas von seiner Gastgeberin zurück und versuchte die Freundschaft der zwei jungen Damen zu erobern.

Er war fest entschlossen, beiden Frauen wonnige Stunden zu bereiten. Lucette und Marcelle gefielen ihm, besonders Lucette, deren intelligente Gesichtszüge ihm die mannig-

faltigsten Aufregungen zu versprechen schien. Er verfolgte sie mit den Blicken und das Blut stieg ihm zu Kopf, wenn Lucette sich etwas nachlässig, mit ausgebreiteten Schenkeln, die Röcke über das Knie zurückgeworfen, in die breiten Klubsessel warf.

Aber Marcelle erweckte ebenfalls seine Begierde. Ihre zierlich geformten Beine, zum Teil nackt unter den kurzen Kleidern, machte ihm Lust, diese niedliche Puppe zu entkleiden, ihr das Höschen herunterzuziehen und sich damit wonnig zu berauschen - das herrliche Fleisch dieser schönen Aristokratin von oben bis unten abzuküssen.

Während er die zwei eleganten und augenscheinlich auch sehr zugänglichen jungen Damen betrachtete, malte er sich die lieben kleinen Dinger in allen Stellungen aus, die ihm beweisen sollten, dass sie denselben Naturgesetzen unterworfen seien, wie alle anderen Frauen ihres Alters und aus nicht aristokratischem Hause sind

In der Tat waren Lucette und Marcelle trotz ihrer Eleganz nicht anders in Gefühlsangelegenheiten wie andere junge Frauen aus dem niederen Volke. Ja, sie setzten sich ebenfalls wie diese keck ins Gras oder hinter die Mauer, um auszutreten.

Sir Archibald, der seit acht Tagen durch das herausfordernde Benehmen der beiden jungen Frauen äußerst gereizt war, suchte vergebens nach einer passenden Gelegenheit, um eine von ihnen, besonders aber Lucette in eine Situation zu bringen, die seiner Geschmacksrichtung Vorschub geleistet hätte.

Verteufeltes Mädchen, sagte er im Hinblick auf Lulu, sie ist wie ein Fisch, man glaubt sie zu halten, sie regt mich auf und dann im Handumdrehen ist sie entwischt.

Er verfolgte sie täglich, bot den beiden Frauen Konfekt an und suchte gewisse Zugeständnisse zu erreichen.

Eines Tages, als er im Park des Schlosses spazieren ging, hörte er beim Einbiegen in eine Fliederallee ein verdächtiges Flüstern, einen unterdrückten Seufzer und das Schmatzen von Küssen auf nackter Haut.

Sein Blut geriet sofort in Wallungen. Mit leisen Schritten versuchte er sieh heranzuschleichen, aber ein trockener Zweig, der unter seinem Stiefel zerbrach, verriet seine Annäherung und als er dann den Schauplatz betrat, war es schon zu spät.

Lucette lag aufreizend im Gras und an ihrer Seite befand sich Raymonde Duloy, die Tochter des Notars der Frau von Mustelle.

Raymonde war ein großes braunhaariges Fräulein, nicht hübsch, nicht hässlich, aber mit sinnlichen Augen, welche ihren Zügen einen besonderen Reiz verliehen, so dass ein etwas zu großer Mund nicht störend wirkte.

Ebenfalls achtzehn Jahre alt, war sie ohne Zweifel die Lieblingsgenossin Lulus. Dies stand bei ihm fest, denn das Geräusch, die Küsse, das Seufzen . . . alles das war zu verräterisch. Sicherlich hatten sich die beiden gegenseitig unten daran herumgespielt.

Nun meine Lieben, sagte er hinzutretend, was macht ihr denn da? Ungezogenheiten oder was? Lasst Euch durch meine Gegenwart durchaus nicht stören . . . immer zu, ich werde nichts sagen.

Seine Augen leuchteten vor Aufregung. Lucette begann zu lachen, während Raymonde stark errötete!

Oh, mein Herr!, sagte die schalkhafte Lucette, indem sie keusch die Augen senkte.

So sah sie direkt zum Anbeißen aus. Der Engländer setzte sich sofort an ihre Seite und ließ seine Hände unterhalb des dünnen Stoffes auf ihren gerundeten Hintern spazieren.

Hören Sie auf, mein Herr! Was wagen Sie sich denn da, sagte Lulu, ohne sich aber gar zu heftig zu wehren. Im Gegenteil. Sie reizte den Engländer noch, indem sie ihm einen aufmunternden Blick zuwarf.

Was ich mit Ihnen machen will, nun dasselbe, was Sie soeben mit Ihrer Freundin ausgeführt haben, murmelte Sir Archibald, der glaubte, bereits am Ziel angekommen zu sein.

Mit einem Schwung war Lucette auf den Füssen, sandte ihm einen Blick einer beleidigten Jungfrau zu und enteilte schleunigst mit Raymonde, indem sie ihm eine kalte Dusche mit den Worten gab:

Ich verstehe nicht mein Herr, was Sie sagen wollten, wen glauben Sie denn, vor sich zu haben?

Als sie fort waren, ballte der Engländer vor Wut die Faust. Sie geht auf alles ein, ich bin meiner Sache sicher, sie wartet nur auf eine passende Gelegenheit, sie hällt mich nur hin. Zehn Minuten möchte ich mit ihr allein sein, um in der geeigneten Weise auf sie einzureden. Dann würde sie ganz schmiegsam sein, wie mein Handschuh. Da er aber inzwischen nichts machen konnte, um Lucette zu bändigen, so schlug er

wieder den Weg zum Schloss ein, sich alle Möglichkeiten überlegend, wie er zum Ziel kommen könnte.

Als er das Wirtschaftsgebäude entlang ging, veranlasste ihn eine dringende Notdurft, die große Toilette des Schlosses aufzusuchen.

Als er aus diesem verschwiegenen Ort wieder herauskam, strahlte sein Gesicht. Er hatte eine Öffnung entdeckt, die im Schatten versteckt liegend einem Beobachter, der sich in das nebenanschließende Zimmerchen begab, ermöglichte, von dort aus alles zu übersehen, was im Wasserklosett vor sich ging.

Darauf untersuchte er das Zimmer in allen Einzelteilen und entdeckte in der Tat, gedeckt durch alte Tonnen, die ihn verbargen, eine Öffnung so groß wie ein fünf Francstück. Diese war gerade über dem Sitz im Klosett angebracht, so, dass man alle Einzelheiten beobachten konnte, die sich dort abspielten.

Da er sich nun gerade auf seinem Lauscherposten befand, wartete er geduldig auf den Zufall, der ihm zu Hilfe kommen sollte, einen schönen Frauenhintern bei der Ausübung seiner Funktionen zu bewundern, für die er letzten Endes ja auch geschaffen war. Er wartete eine geschlagene Stunde, da endlich ließ ihn ein beschleunigter Schritt sein Herz höher schlagen.

Die Tür öffnete sich und Miss Ketty, seine Landsmännin trat ein. Sie verriegelte sorgsam die Tür. Alsdann wohnte Sir Archibald einem eindruckvollen Schauspiel bei.

Ketty hob schnell ihre Röcke und Unterröcke in die Höhe, schlug die Öffnung ihres Beinkleides auseinander und ließ einen weißen hübschen Hintern sehen, den sie schleunigst auf das Becken drückte. Sir Archibald hörte zwei, drei kleine Entladungen, dann säuberte sich Ketty und verließ diesen Ort schnell und vergnügten Blickes, nicht ahnend, welches

Schauspiel sie einem fremden Mann gegeben hatte, dessen Leidenschaften vor nichts zurückschreckten.

Die Glocke des Schlosses rief die Gäste zum Diner.

Sir Archibald, aufgeregt durch Kettys hintere Schönheit und dessen Speer seine Reithosen zu sprengen trachtete, musste das Feld räumen, um dem Ruf der Glocke zu folgen. Er verließ das Zimmer, nicht ohne sich zu versprechen, sehr bald wieder auf seinen Posten zurückzukehren, um sich weiterhin solch verlockende Schauspiele anzusehen.

Als das Diner beendet war, schützte Sir Archibald ein starkes Unwohlsein vor, um nicht veranlasst zu werden, Frau von Mustelle und Herrn von Boeme auf die Jagd zu begleiten. Da er wusste, dass die jungen Damen mit Raymonde im Park bleiben würden, so beschloss er auf seinen Beobachtungsposten zurückzugehen und geduldig darauf zu warten, ob der Zufall ihm hold sein würde.

Noch wartete er nicht lange, als ein Schritt hörbar wurde, die Tür öffnete sich und Alice, das Kammermädchen, trat ein.

Die Szene vom Vormittag erneuerte sich. Alice verschwand und der Beobachter wartete wieder geduldig eine Stunde als Marcelle eintrat. Auch sie schloss die Tür gut zu und machte sich schnell daran, ihre Röcke und Unterröcke zu heben und ihr Höschen zu öffnen. Sie kauerte sich über den Sitz.

In dieser Stellung konnte der Beobachter ganz genau ihren kleinen Hintern und ihre Muschel erkennen. So sah der Engländer in gesteigerter Wollust ganz ausgezeichnet die Abwicklung der Sitzung. Marcelle säuberte sich und ging zu ihren Gefährtinnen.

Diesmal war Sir Archibald gezwungen zu onanieren, er tat es in den Gedanken an Lucette, deren Hintern er noch nicht gesehen hatte.

Er kam nun acht Tage hintereinander auf seinen Posten, aber ein tückischer Zufall vereitelte seine Berechnung und gab ihm nicht Gelegenheit, die reizende Lulu in der Stellung zu bewundern, in welcher er ihre Schwester gesehen hatte.

ZWEITES BUCH

FÜNFTES KAPITEL

Sir Archibald fährt fort Lucette zu gewinnen

Ein halber Erfolg

Entschädigung bei Marcelle

Ich spreche Ihnen meine Bewunderung aus, Fräulein Lucette, Sie sehen heute Morgen wieder bewunderungswürdig aus.

Mit diesen Worten begrüßte Sir Archibald am nächsten Morgen seine Sehnsucht, sie sah aber auch wirklich reizend heute aus. Obgleich gut entwickelt, trug sie immer noch kurze Kleider.

Kokett, wie sie nun einmal war, und geschmeichelt von dem Kompliment, zierte sie sich ein wenig und sagte:

Ja, finden Sie nicht auch! Ich bin mit dem Schneider von Mama sehr zufrieden. Ich habe das Kostüm extra vor meiner Abreise machen lassen, denn Sie wissen ja, auf dem Lande kann man sich doch so etwas nicht machen lassen.

Wirklich, Lucette Sie sind durchaus eine elegante Dame in dieser Toilette und ich wüsste durchaus nicht, was mich davon abhalten sollte, Ihnen den Hof zu machen.

Die junge Frau lachte und warf dem Engländer einen Blick des Einverständnisses zu, der alles sagte.

Ja, bitte, genieren Sie sich nicht, machen Sie mir den Hof. Ich bin einverstanden, die Entwicklung wird sicher spaßig sein.

Aber wissen Sie, Lulu, sagte Sir Archibald, der sofort die Gelegenheit wahrnahm, ich flirte auf amerikanische Art . . .

Was wollen Sie damit sagen, fragte Lulu.

Das will sagen, dass der Flirt sehr weit gehen kann. Im Allgemeinen erlaubt man sich alles, ausgenommen den Endzweck, der zur Heirat führt.

Nein, was Sie unterhaltend sind, unterbrach Lucette. Na gut, fahren Sie fort, Sie sind auf dem richtigen Wege.

Diese Szene spielte sich im Boudoir der Frau von Mustelle

ab, die zur Jagd war. Archibald und Lulu waren fast allein im Schloss. Lulu war im Verkehr mit ihrem Verehrer durchaus nicht befangen. Sie fand diese Situation im Gegenteil pikant und da sie durch die vielen lesbischen Sitzungen den süßen Schmelz der Jugend sowieso schon ziemlich eingebüßt hatte, so war sie im Grunde genommen ganz glücklich, in einige kleine perverse Zärtlichkeiten durch diesen Gentlemen eingeweiht zu werden - lasterhaft genug sah dieser ja aus.

Auf einer Chaiselongue lag sie in einer verführerischen Stellung ausgestreckt, bewusst die Röcke etwas hochgezogen, um die kostbaren Spitzchen ihres Höschens ins rechte Licht zu setzen.

Also . . . Sie sagen, dass man sich beim amerikanischen Flirt viel erlauben kann?

Ungefähr alles, bemerkte Sir Archibald.

Ihr schmachtend verlangender Blick schweifte in die Weite.

Aber endlich, um anzufangen, meine Teuerste, man kann beispielsweise hier beginnen!

Bevor sich Lulu von ihrem Erstaunen erholt hatte, saß der

Engländer neben ihr und seine tastende Hand fuhr ihr unter die Röcke, vergeblich den Schlitz ihrer geschlossenen Hose suchend.

Oh, lassen Sie mich . . . lassen Sie mich, seufzte Lulu ganz leise. Wenn jemand käme. Oh, Sie berühren mich da, warten Sie wenigstens noch!

Worauf soll ich warten, mein Liebling, es liegt keine Gefahr vor.

Warten Sie wenigstens, sagte sie schelmisch, bis ich das Höschen geöffnet habe, dann werden Sie besser berühren, sehen und küssen können.

Schnell zog Lulu das Höschen herunter, und immer noch auf dem Rücken liegend, überließ sie sich ganz seinen fiebernden Händen, die ihre Gewandung hochschürzten und so ihre aristokratisch geformten Schenkel bloßlegten, vor allem die entzückende Liebesgrotte und ihren Leib, wo eine keimende rosane Erbse leuchtete und ganz oben im Vereinigungspunkt die appetitlichen Schamlippen herausschauten.

Lucette lächelte und war erregt, wie eine liebesbedürftige Frau. Sie breitete ihre Schenkel so weit auseinander, als sie nur konnte, um Archibald den ungestörten Anblick der von ihm so geschätzten Schamritze zu erleichtern.

Mein Liebling . . . mein Liebling, stotterte dieser, lass mich Dich auf dieser Stelle küssen, auf diese reizende Liebesrose. . . . Sie ist ganz und gar wie eine Rose, so frisch und lieblich.

Er küsste die Schamlippen mit Inbrunst.

Archibald, halb wirr vor Wollust, versuchte nun die Lippen etwas auseinander zu spreizen und rief:

Oh, Lulu, wie ist es reizend, ich sehe da das kleine Loch, da eingebettet in dieser herrlichen Furche . . .

Ist das was wir treiben einwandfrei, fragte sie sich verstellend.

Sir Archibald wollte jetzt nichts weiter reden, er wollte genießen. Er bedeckte die weiße Haut der jungen Frau mit Küssen, unbeirrt darum, wohin seine Küsse fielen. Sein Mund berührte den Nabel, die rosigen Schamlippen, das runde, herrliche Gesäß und die Furche mit dem geheimnisvollen Schatten.

Berauscht von diesen Liebkosungen ergab sich Lucette vollständig.

In der Absicht, die junge Frau auf das Äußerste aufzuregen, bog der Engländer ihre Schenkel noch weiter auseinander und machte ihr in dezenter Weise Minette.

Nach zwei oder drei Zungenschlägen auf den Kitzler, der sich schon aufrichtete, umklammerte ihn Lucette mit den Schenkeln.

Oh, ist das aufregend, rief sie, jetzt . . . oh.

Nein, hören Sie auf! Plötzlich ließ sie die Umklammerung los, sprang wie der Blitz auf und verschwand aus dem Zimmer laut lachend, den Engländer nicht nur in höchstem Erstaunen zurücklassend, sondern auch noch aufgeregt und mit steifem Speer.

Durch das offene Fenster hörte er sie noch im Fortgehen lachen und fluchte über sein Pech und das ausgelassene Fräulein.

Auch diesmal, wo er glaubte wieder gewonnenes Spiel zu haben, war ihm dieses Teufelsweib entwischt, nachdem sie seiner Beurteilung nach seinen Geschmack erfasst hatte.

Ich werde sie überzeugen, ich werde sie trotzdem besitzen, grollte er.

Von nun an war sie nicht mehr das willenlose Spielzeug für oberflächliche Schweinereien, welche er von ihr erwartet hatte, nein, er wollte sich Lulu voll und ganz gefügig

machen, die jungfräuliche Haut wollte er durchstoßen und dann in den unter seinen Armen windenden Körper seinen saftstrotzenden Liebesspeer hineinstoßen, der noch stark geschwollen war von dem Überfluss an Samen. Er drohte bald zu platzen.

Dieses süße Fräulein zu entjungfern, sie von vorn und hinten zu bearbeiten, in ihren Mund seinen Samen zu ergießen – das waren die Gedanken Sir Archibalds.

Zum ersten Male in seinem Leben hatte sich der Engländer, der sonst so überlegend war, selbst in seinen komplizierten Perversitäten, bis über die Ohren in die süße, verdorbene Französin verschossen.

Musste deren Wesen nicht allen Männern verhängnisvoll werden?

Ihrerseits dachte sie jetzt immer an Sir Archibald, ließ sich aber vor ihm nicht sehen. Sie fühlte unbewusst, mit der Logik einer jungen Frau, dass die kleinen indiskreten Spiele mit einem Herren viel gefährlicher sind und viel weiter führen, als mit einem Mädchen.

Er wird damit beginnen, mich überall zu küssen, dachte sie, und dann plötzlich unvermittelt wieder seine Lanze in mein kleines Löchelchen stoßen, genau wie es Herr von Boeme mit Mamma getan hat.

Indem sie die Enge des Löchchens bedachte, und sich der Annektoten aus dem Dienerzimmer erinnerte, wo im Verlauf einer derselben das Dienstmädchen ihre Jungfernschaft verloren hatte, fürchtete sie den Schmerz des ersten Versuches in der normalen Art.

Wenn sie auch über alles unterrichtet war und vor der Welt ganz unbefangen erschien, so beschäftigten sie die Männer und der geheimnisvolle Geschlechtsverkehr mit ihnen ihre Phantasie doch mehr, als sie sich selbst gern zugab.

Augenblicklich hatte sie eine Neigung für Alice, diese große Braune gefiel ihr sehr, einmal durch ihr frisches Äußeres und dann durch die treffenden und gemeinen Ausdrücke, mit denen sie ihre Liebesepisoden auszuschmücken liebte. Diese gepfefferten Schamlosigkeiten entschädigten Lulu über die süßliche Sanftmut der Engländerin.

Alice ist spanischem Pfeffer vergleichbar und Ketty gelbem Honig.

Während Lulu sich fast täglich mit Alice amüsierte, verblieb dem Engländer ein schwacher Ersatz, indem er auf seinen Horch- und Sehposten zog und so zwar viel zu sehen, aber nichts zu befühlen hatte. Nun kannte er fast alle Körper der Schlossinsassen, selbst Frau von Mustelle musste ihm unfreiwillig Sitzung geben. Das war aber nicht ausreichend für ihn und er kam sich wie jener arme Schreiber von Rabelais vor, der jeden Abend ein Stück Brot aß und mit dem Bratengeruch, der ihm aus der Tür eines Restaurants entgegenströmte, belegte. Da Lucette nicht erreichbar war, richtete er sein Augenmerk auf Marcella.

Diese ist naiver, sagte er sich, sie wird sich meinen Annäherungen nicht entziehen. Er täuschte sich nicht und verfolgte nun das Mädchen auf Schritt und Tritt.

Marcelle, welche sich sehr geschmeichelt fühlte, dass ein Herr wie Sir Archibald sich mit ihr beschäftigte, ermutigte seinen Unternehmungsgeist und stieß seine spürenden Hände nicht zurück, die immer versuchten, ihr unter die Röcke zu greifen.

Man muss eine Gelegenheit finden, nur eine Gelegenheit! Dann würde ich ganz nach Herzenslust die geheimen Reize küssen können, die ich bisher nur durch Betrachtung kannte.

Der gute Geist Maulubec, der die erotischen Unternehmungen begünstigte, verschaffte Beiden die Gelegenheit, die

sie so lange suchten. Sir Archibald erhielt die Erlaubnis, Marcelle in den Wald zu begleiten, um ihr die Dachse und ihr die Jagd und das Ausgraben dieser interessanten Tiere zu erklären.

Es war ein schöner Nachmittag, als die beiden Gefährten in den Wald abzogen. Sir Archibald zog es aber vor, statt zu den Dachsen zu gehen, sich in eine verlassene Jagdhütte zu begeben, wohin kein Mensch sonst seine Schritte hinzulenken pflegte.

Da sind wir, meine Kleine . . . ganz allein . . . dies ist der Augenblick, mir die schönen Dinge zu zeigen, die sich unter Deinen Röcken verbergen.

Dann erzählte er Marcelle, die interessiert zuhörte, dass er schon ihren Hintern gesehen hätte und verriet ihr sein Versteck.

Hat Sie denn das nicht angeekelt, mich in dieser Situation zu sehen?

In der Liebe ist nichts schmutzig. An einer jungen Frau ist alles bewunderungswert, meine Liebe und um Dir das zu beweisen, werde ich Dich mit schönen Sachen belustigen, in die Du bald vernarrt sein wirst . . . ich werde Dich anfassen. Ich werde Dich mit Küssen ersticken, zieh Dich nur unten aus.

Marcelle gehorchte und ließ ihr Höschen fallen, um es ganz abzulegen.

Jetzt sprach sie nicht mehr, denn ihre Liebesmuschel brannte vor Begierde, sich liebkosen zu lassen und die sinnliche Erregung, die sie erfasste, drückte sich schon in den Augen der Süßen aus.

Oh, wie ist das . . . schön!

Er breitete ihre Schenkel weiter auseinander und spielte mit

dem Finger an ihrer Muschel. Auf diese Weise gelang es ihm, Marcelle in einen höchsten Erregungszustand zu versetzen.

Marcelle, mit offenem Munde und geschlossenen Augen, ließ die Zärtlichkeiten willig über sich ergehen und schien sehr glücklich, über die kleine Vergnügungspartie zu sein.

Plötzlich wollte sie die Beine zusammenziehen und sich erheben. Archibald hinderte sie daran.

Was gibt es denn, meine kleine Marcelle? Habe ich denn meine Sache nicht gut gemacht?

Oh, doch . . . aber . . . sie zögerte und errötete.

Aber, was . . . sage es doch!

Wie er sah, dass die junge Frau ihr Gesicht seinem zum Abprotzen bereiten Speer näherte, ergriff er Marcelle und drückte sie an sich, so, dass ihr Mund genau auf seinem in die Höhe gerichteten Speer zu liegen kam.

Oh, sauge . . . sauge , stammelte er, versuchte die rote Eichel in den Mund Marcelles zu drücken, die allerdings den Kopf abwendete.

Sauge . . . es ist so gut, ich bitte Dich, mein . . . Liebling!

Seine flehende Stimme und der starke Geruch, welcher dem schönen Liebespfeil entströmte, beeinflusste sie. Sie öffnete den Mund, haschte nach seiner Eichel und begann zögernd zu saugen.

Es war süß unter der Zunge und die Zuckungen des großen Schwanzes vermittelten ihr ein wollüstiges Gefühl. Sie wurde beherzter und kurz entschlossen, wie eine erfahrene Buhlerin, saugte sie am heißen Spargel, während ihre Hände leise die mit Samen gefüllten Kugeln kitzelten.

Wie sie fühlte, dass der Speer sich schnell und schneller in ihrem Munde bewegte, bohrte sie ihren Zeigefinger so tief sie konnte in das Popoloch ihres Kavaliers.

Dies steigerte sein Gefühl bis zur Raserei, der Speer erzitterte, und unter zwei heftigen Erschütterungen füllte der Samen den Mund der jungen Frau.

Oh, Du . . . Liebling . . . jetzt oh, es kommt . . . bei mir . . . noch ein wenig . . . oh, oh, schluck ihn hinunter.

Die Augen Marcelles sahen verstört aus, auch sie war von einer wilden Sinneslust im Verlauf dieser herrlichen Szene ergriffen worden und so verschluckte denn Marcelle den heißen Saft.

Der saugende Mund Marcelles hatte den Engländer erschöpft. Er machte noch einen schwachen Versuch, auch bei ihr zu küssen, um ihr seine Dankbarkeit zu erweisen, brachten dann aber beide ihre Toilette wieder in Ordnung und begaben sich auf den Heimweg - mit dem festen Vorsatz, diese hübsche Zerstreuung recht bald wieder auszuüben.

Bei Tisch fragte Frau von Mustelle ihre Tochter, ob sie den einen Dachsbau gesehen hätte.

Ja, Mama, antwortete das schelmische Ding, es waren zwei Dachse darin, ich selbst habe es diesem Herrn gezeigt.

ZWEITES BUCH

SECHSTES KAPITEL

Lucette zeigt Entgegenkommen

Fasst die Finger zu spät

Das Opfer ist vollbracht
- oder die doppelte Entjungferung

Oh, Sir Archibald, Sie werden mir untreu . . . das ist nicht schön. Mit diesem herausfordernden Tonfall, aber auch nachgebenden, schmeichelnden Worten redete Lucette den Gentlemen an, der ihr im Zimmer ihrer Mutter begegnete. Diese war vollkommen mit den Liebesbeweisen des Herrn von Boeme zufrieden und deshalb sich nur ihm hingebend, mit diesem zur Bahn gefahren, um einen Abstecher nach Paris zu machen.

Die Großstadtluft fehlte der Lebedame und da sie mit ihrem Liebhaber alle Vergnügungsstätten der Metropole besuchen wollte, so hatte sie es für richtiger befunden, ihre Töchter unter der Obhut von Miss Ketty zurückzulassen.

Wirklich, die war eine gute Überwachung! In letzter Zeit zeigte Ketty eine Leidenschaft für den Kammerdiener Firmius, sie ließ sich von ihm den ganzen Tag küssen. Sie hatte mit Alice Verständigung gesucht, mit der sie sich in lesbischen Liebesbezeugungen erboten und alle drei zusammen in dem Zimmer der Zofe ihre Feste feierten.

Während Ketty den Tisch anrichtete, küsste sie Firmius, der stets versuchte ihr unter die Röcke zu greifen, was ihm auch manchmal gut gelang, wenn Ketty zufällig mit etwas gespreizten Beinen dastand.

Während die Angestellten sich auf dem rechten Flügel des Schlosses auf ihre Weise unterhielten und liebten, unterhielten sich Frau von Mustelles Töchter auf dem rechten Flügel nicht weniger gut.

Lucette, welche es überdrüssig war, mit ihrer Schwester und Raymonde perverse Dinge zu treiben, verfiel nun darauf, jetzt ihre Aufmerksamkeit ernstlich Sir Archibald zuzuwenden, da nur dieser allein ihr neue und unbekannte Erregungen verschaffen konnte.

Lulu war stolz auf ihren Körper und hielt sich deshalb für voll entwickelt. Als junge Frau von achtzehn Jahren und von guter Konstitution erstrebte sie nachdrücklichere fleischige Erregungen, als die trügerischen Umschmeichelungen, mit denen die bereitwilligen Freundinnen sie bisher entkräfteten.

Gleichviel, wenn ich auch entjungfert in die Ehe eintrete, sagte sich Lulu, meine Mutter kümmert sich sowieso nicht um das was ich treibe - ich langweile mich.

Die Ferien neigten sich ihrem Ende zu und wohlwissend, dass sie bald ins Lyceum zurückkehren musste, beschloss Lucette schneller zum Ziel zu gelangen, und aufgemuntert wie nie zuvor, kam sie dem edlen Lord in jeder Beziehung entgegen.

Sir Archibald merkte wohl, dass eine Sinnesänderung mit Lucette vor sich gegangen sein musste und so fing er wieder an, sie zu verfolgen und ihre Reize auf sich einwirken zu lassen.

Er erregte die Phantasie der jungen Frau durch schlüpfrige Witze, die ihn aber selbst in Erregung versetzten, was Lulu bereits feststellte.

An einem schönen Nachmittage redete Lucette, die nunmehr selbst zu einem Entschluss gekommen war, den Engländer an, sie hatte wohl gemerkt, dass dieser seit dem Tage, an

welchem sie sich ihm gegenüber so schlecht benommen hatte, vorsichtiger geworden war.

Die Ferien sind nun bald vorüber, ich muss nun bald diesen herrlichen Platz verlassen und ins Lyceum zurück.

Ich verlasse Sie nicht, meine Teuerste, erwiderte er auf ihre Ausführungen. Er bemühte sich, sie ganz als große Dame zu behandeln. Aber Sie müssen selbst zugeben, dass man ganz irre an Ihnen werden kann.

Ich habe meine Absichten geändert, antwortete sie, und ich bitte um Verzeihung.

Alles ist vergessen, meine Liebe.

Sir Archibald ganz außer sich vor Freude über das unerwartete Entgegenkommen, näherte sich ihr und nahm sie liebkosend in seine Arme.

Lucette ließ es geschehen und wandte den Mund nicht ab, als die Zunge des Engländers in einem innigen Kuss die Reihe ihrer reizenden Zähne zu durchbrechen suchte.

Wie Sie gut küssen . . . bitte noch einmal!

So . . . Aah . . . Ihr Kuss geht mir durch und durch . . .

Wenn Sie wüssten, wie das komisch wirkt . . . ab, mein Freund.

Dann bedeckte sie das Gesicht mit beiden Händen und gestand: Seit acht Tagen kann ich an nichts anderes mehr denken. Errötend über das Geständnis, schmiegte sich die junge Frau an die Schulter des Mannes, nachdem sie sich sehnte.

Dies war nicht mehr das junge freche Ding, nein, das war ein liebesbedürftiges Weib, das sich ohne Vorbehalt hinzugeben gewillt war.

Archibald war im siebenten Himmel!

Er nahm seine junge Freundin, seine junge Frau, in die Arme und trug sie auf das große, niedrige Bett der Frau von Mustelle, nicht ohne sich bewusst zu sein, wie pikant es sei, die Tochter im Bett der Mutter zu entjungfern. Mit der Sorgfalt eines flinken Kammerdieners entkleidete er Lulu, deren nackter Körper sich strahlend abhob.

Zieh Dich auch aus, befahl Lucette, die Archibald unwillkürlich duzte. Dieser war erstaunt, tat es aber sofort und zeigte einen durch Sport gestählten straffen Körper.

Im Bewusstsein nicht gestört zu werden, unterhielt er sich an ihrer Seite im Bett mit kleinen Plänkeleien an der Eingangspforte zur Seligkeit. Seine Lippen drückten sich überall auf den zauberhaften Körper. So kitzelte seine Zunge unter der Achselhöhle, zitterte auf den kleinen harten Brustwarzen, zwängte sich zwischen die zusammengedrückten Schenkel, welche die Schamlippen einschlossen.

Lucette entzückt und ganz hingegeben, empfand zum ersten Mal den Zauber, den ein männliches Wesen auszuüben vermag und ließ alles über sich ergehen. Sie versuchte mit zögernder Hand über die Rute ihres Liebhabers zu streicheln. Unwillkürlich erfasste sie der Gedanke, dass in wenigen Minuten dieser lange, ungeheuer umfangreiche Liebesspeer in sie eindringen würde. Sie kam ihm noch weiter entgegen. Ihr Blick war schmachtend auf ihren Schatz gerichtet, sie spreizte die Schenkel und entfaltete ihren Liebestempel, damit sagend, sie sei zum Opfer bereit.

Archibald der wohl sah, was seine süße Freundin wollte, verschob die Befriedigung seiner geheimen Laster für später und legte sich zwischen die Beine Lulus und bereitete sich darauf vor, ihr die Jungfernschaft zu rauben, an deren Erhaltung ihr so wenig gelegen war.

Werden Sie mir Schmerz verursachen, ich habe Angst!

Nein, mein Liebling, es ist wirklich nicht der Rede wert, warte nur, ich werde den Weg frei machen.

Er streckte sich lang aus und begann ihr mit dem Finger langsam einzudringen. Als er fühlte, dass die Schamlippen sich erweiterten und etwas feucht wurden, warf er sich zurück, und seinen Speer in der Hand haltend, nahm er eine passende Stellung ein und zielte mit der Eichel auf den Eingang, den er jetzt bezwingen wollte.

Mit auseinandergebreiteten Schenkeln fühlte Lulu, wie der Schwanz zwischen ihren äußersten Schamlippen eindrang, und sie erzitterte vom Kopf bis zu den Füßen. Auf den ersten Stoß drang der Fleischbolzen nur wenig ein, dann auf Widerstand stoßend, beschleunigte der Liebhaber seine Stöße.

Da stieß Lucette einen wilden Schrei aus.

Oh, Sie tun mir ja weh!

Ohne zu antworten, drückte er das süße Ding fester an sich und fuhr fort, immer tiefer zu stoßen, um auf diese Weise den Eingang zum Tempel immer mehr zu erweitern.

Lucette wimmerte und grub ihre Nägel in die nackten Schultern ihres Reiters, der sie entjungferte. Plötzlich stieß sie noch einen schrecklichen Schrei aus!

Sir Archibald drückte sie noch fester an sich und mit einem einzigen starken Stoß, war der Speer bis zur Wurzel verschwunden.

Oh, mein Gott . . . Mamma . . . Sie zerreißen mich ja . . . Du zerreißt mich . . . Du durchstößt mich . . . Ach, Du stößt ja noch immer . . . nun ist er auf dem . . . Grunde.

Ohne sich über Lucette zu beunruhigen, küsste er ihr die Tränen ab. Er zog seinen Speer heraus, um ihn gleich wieder hineinzustoßen, um endlich den verlockenden Weg der Freude freizumachen.

Nach und nach beruhigte sich Lulu, der Schmerz hatte nachgelassen, und nun wirkte das gleichmäßige Reiben des Speeres auf ihre Sinne ein.

Ja, ja mein Schatz . . . ich bin nun Deine Frau . . . und Du . . . Du bist . . . Oh, mein über alles geliebter . . . Mann . . . mein Geliebter!

Sie stammelte abgerissene Phrasen, unterbrochen durch ungestüme Bewegungen, um plötzlich von der sie überströmenden Wollust ergriffen zu scheinen:

Oh, Du . . . ich fühle Dich . . . Oh herrlich süß . . . Du . . . dringst wieder ein.

Oh, was ist das, ich . . . es wird mir so heiß . . . Oh, es kommt . . . es kommt, ich genieße!

Sie blieb einen Augenblick wie erstarrt unter dem Einfluss der höchsten Glückseligkeit liegen, sie war so blass, so verändert, durch den großen Liebestaumel, dass sie fast leblos dalag.

Sir Archibald hatte sich erhoben und bemühte sich mit einem weichen Schwamm, sorgfältig die mit Blut bespritzte Haut der jungen Frau abzuwaschen.

Nachdem sie sich einige Minuten der Erholung hingegeben hatte, legte auch er sich wieder zu ihr und verliebt schlang sie ihre Arme um ihren Kavalier und sagte:

Zeige mir alles, was man macht, wenn zwei sich lieben.

Ohne zu antworten, nahm er die Hand Lulus und führte diese an seinen schlapp gewordenen Speer, während er ihr Minette machte. Dann musste sie sich auf die andere Seite legen und er nahm seine Stellung zwischen den Schenkeln Lulus ein und stieß seinen steifgewordenen Schaft, den er zuerst etwas eingefettet hatte, Lulu hinten hinein.

Nach zehn Stößen entlud er dessen Saft und verschaffte sich und ihr ein wonniges Vergnügen.

Ich liebe diese Abwechselung, sagte Lulu. Du wirst mir noch öfters dieses Vergnügen bereiten, es ist weniger schmerzhaft und man läuft nicht Gefahr, Kinder zu bekommen.

Archibald küsste sie und streckte sich dann neben sie aus, um sich zu erholen. Dies war aber weniger nach dem Geschmack Lucettes, die nicht fertig geworden war, als er sie von hinten bearbeitet hatte. Sie warf sich an der Seite Archibalds auf die Knie und drückte und befühlte seinen Schwanz, betastete den fleischigen und aufgeschwollenen Hodensack und suchte ihn überhaupt auf tausenderlei Weise erneut zu reizen.

Einen Augenblick kam ihr der Gedanke den Speer zu küssen, da Archibald hierzu durch Blicke ermutigte.

Oh ja, küsse ihn, wie auch ich Dir Minette gemacht habe, ganz langsam, indem Du ihn so tief wie möglich in Deinen Mund hineinsaugst.

Ich wage es nicht, sagte Lulu schamhaft.

Aber gewiss doch, versuche es nur einmal, ich habe Dich doch auch von vorn und hinten geküsst, nun ist es nicht mehr wie recht und billig, dass Du es auch bei mir machst.

Von hinten auch, fragte Lucette.

Gewiss mein Liebling, Du wirst schon Geschmack daran finden.

Wirklich, was muss man aber auch alles tun, um Dir gefällig zu sein.

Und während sie das sagte, nahm sie den langen Speer in den Mund, der schon zuckend in Bereitschaft stand, um wieder entladen zu können.

Archibald drückte ihn ihr entgegen und war ergötzt, der jungen Frau zusehen zu können.

Wie war sie göttlich, diese süße Lulu mit ihrem reizenden Mund. Während sie saugte, sah sie ihren Geliebten an, der ganz erregt vor Wollust wurde, und saugte schneller, es schien, als wollte sie den großen Schaft verschlingen. Gleichzeitig spielte sie mit ihren Fingern am Popoloch des Lords. Das Ergebnis ließ nunmehr nicht lange auf sich warten und mit einem Ruck, tiefer in den Mund eindringend, entlud er seinen Samen, den Lucette vor Schreck hinunterschluckte.

Auf dem zerwühlten Bett wand sich der Lord in einem an Raserei grenzenden Liebestaumel.

Durch eine kleine Pause, die beide nötig hatten, gestärkt, stürzte sich Archibald auf Lulu und bohrte seinen steifen Speer in deren nun schon ausgeweitete Scheide, die sich des Angriffes gewachsen zeigte und machte Lulu nochmals glücklich.

Oh, sagte diese, diesmal tut es gar nicht mehr weh. Oh, wie ist das . . . herrlich, noch tiefer Schatz . . . es will schon . . . Oh, es . . . kommt schon!

Bis auf das Mark ausgesogen, schliefen sie Arm in Arm ein, unbekümmert dabei, von Ketty oder Alice überrascht zu werden.

Am Abend, als Ketty sie gewöhnlich umarmen und Minette machen wollte, wies Lulu sie mit den Worten zurück:

Nein, heute nicht . . . lass nur, ich bin zu ermüdet.

ZWEITES BUCH
SIEBENTES KAPITEL

Die Orgie im Schloss

Ein neuer Gast

Rückkehr von Frau Mustelle

Maurice und Sir Archibald

Lucette von vorn und hinten entjungfert, kannte nun für ihre Laster keine Grenzen mehr. Sir Archibald konnte sich beglückwünschen, die Eroberung eines so niedlichen Spielzeugs gemacht zu haben. Eine gelehrige Schülerin, weit über alle Vorstellung hinaus, kam sie dem Lord in allen Dingen mit einer flammenden Phantasie entgegen.

Kein Wunder, wenn dieser sich im siebenten Himmel fühlte. Der Zufall beglückte ihn aber auch über alle Maßen. Solch eine reizende junge Frau zu finden, die Grazie und keusche Jugend mit der schamlosesten Koketterie verkörperte.

Er schätzte seinen Gewinn selbst hoch ein. Alle Tage ließ ihm die Abwesenheit der Frau von Mustelle freie Hand. Er suchte Lulu auf ihrem Zimmer auf und die wildesten Liebesszenen folgten unausgesetzt. Das nun endgültig zur Frau herangereifte Mädchen überließ sich seinem Vergnügen vollkommen.

Sir Archibald befriedigte sie weit über ihre ersehnten Wünsche hinaus. Seine Leistungsfähigkeit in Liebesdingen war erstaunlich, vier- bis fünfmal täglich war schon wenig bei ihm.

Lucette hatte mit ihren Freundinnen und Bedienten so oft Minette gemacht, wollte aber jetzt, wo sie den Unterschied kannte, nur noch mit Männern lieben. Sir Archibald schonte sie in keiner Weise - und ihr war dies angenehm.

Es langweilte sich niemand im Schloss der Frau von Mustelle. Lucette beschäftigte sich mit Archibald, Alice und Ketty mit Firmius, Marcelle mit Raymonde. Alle Welt gab sich dem sinnlichen Genuss ausgiebigst hin.

Kurze Zeit danach teilte ein Telegramm allen mit, dass Frau von Mustelle mit einem fremden Herrn bald eintreffen würde. Der Kammerdiener wurde an die Bahn gesandt, um die Koffer des neuen Ankömmlings abzuholen.

Er selbst wollte im Auto des Herrn von Boeme mit diesem eintreffen.

Alle hübschen Bewohnerinnen des Schlosses erwarteten mit Ungeduld das Eintreffen des angemeldeten Herrn.

Das Auto stoppte schnaubend am nächsten Tage vor der Freitreppe. Frau von Mustelle, schöner und ausgelassener wie sonst, stieg als erste aus, dann Herr von Boeme, tadellos gekleidet, und endlich ein junger, eleganter Herr von damenhaftem Aussehen, dessen Auftreten seine sodomitischen Neigungen kennzeichnete.

Ah, welches Vergnügen

Guten Tag Lulu, Marcelle!

Treten Sie bitte ein, mein Herr . . . entzückt ihre Bekanntschaft gemacht zu haben, seien Sie mir willkommen!

Seid ihr artig gewesen, Kinder?

Ah so . . . Lucette und Marcelle, ich stelle Euch hier Herrn Maurice Liane vor, er ist ein talentvoller Komponist.

Meine Töchter . . . Glauben Sie, dass diese mich älter erscheinen lassen?

Oh, Teuerste . . . man könnte fast glauben, es sind ihre Schwestern.

Während all diesen Begrüßungsfragen betrachtete Lucette den schönen jungen Mann sehr genau und schon sagte sie sich, er ist zwar hübsch, aber geschminkt, wie eine Kokotte, Gott müsste das spaßhaft sein, mit ihm sich der Liebe zu ergeben. Er ist sicher nicht älter als achtzehn Jahre. Ich werde versuchen, ihn Mamma auszuspannen, denn er ist sicher einer ihrer neuesten Liebhaber.

Lucette irrte sich natürlich nicht und ihre Schlussfolgerungen waren begründet. Er war ein neuer Liebhaber ihrer

Mutter, die ihn einem Schriftsteller ausgespannt hatte, weil dieser wegen seiner korrupten Sitten und seiner homosexuellen Neigungen berüchtigt war.

Das Pikante an diesem jungen Manne war der gepfefferte Geschmack, den die Aristokratie daran gefunden hatte, mit ihm zu schlafen. Er war ein talentvoller Musiker, welcher in seiner Kunst einen vortrefflichen Abglanz einer Feinfühligkeit durchblicken ließ, die ihm das Wesen und die Sitten einer lasterhaften Frau gaben. Nach Verlauf von drei Tagen war der junge Mann mit den Gewohnheiten des Schlosses vertraut.

Famos, sagte er sich, ich werde mich hier sicherlich nicht langweilen. Alle Damen scheinen mit mir zu kokettieren, ich ziehe mir aber doch die kleine Lucette vor allen vor. Wahrlich, eine Partie zu dreien mit Sir Archibald, würde mich sehr interessieren.

Sir Archibald, dessen sodomitischen Geschmack wir kennen, betrachtete seinerseits mit lüsternen Augen und sichtlichem Wohlgefallen den blonden Epheben.

Wenn Lucette darauf eingehen würde, so würde ich ein Zusammentreffen mit dem jungen Mann und Lucette herbeiführen, um dann im gegebenen Moment dazwischenzufahren und dann dem galanten Jüngling meinen Willen aufzuzwingen.

Eines Tages war wieder Sir Archibald im besten Zuge, Lulu von vorn zu bearbeiten, die Sache ging hinter einem kleinen Gebüsch vor sich, als er zu ihr sagte:

Weißt Du, mit wem ich einmal genau dasselbe machen möchte, wie mit Dir?

Oh Du Bösewicht, sagte Lucette, indem sie den Versuch machte, sich seinen Liebkosungen zu entziehen.

Das heißt nicht betrügen oder hintergehen, sagte der Lord, ich möchte nur dasselbe Manöver, was wir hier tun, einmal im Hintern von Maurice machen.

Oh, ist das wirklich wahr, erwiderte Lulu, allein schon von dieser Möglichkeit erregt.

Ja, mein Liebling, oh, das müsste famos sein, und dann Du . . .

Und dieses Manöver, bei Maurice . . . ja, ist denn das überhaupt möglich?

Aber Kleine, hat er denn nicht eben so einen Hintern wie Du!

Ja, glauben Sie denn, dass er auf Ihren Vorschlag eingehen wird?

Ich glaube es, mein Kätzchen, aber um seine Zustimmung zu erreichen, erwarte ich von Dir, dass Du mir bei einer kleinen Komödie behilflich bist, sie ist nicht schwer zu spielen. Du wirst Dir von Maurice den Hof machen lassen.

Dass ist nicht schwierig, unterbrach Lulu, er ist sowieso schon immer hinter mir her.

Gut, Du wirst ihm also ein Stelldichein geben und wirst allen seinen Wünschen Genüge leisten.

Gib ihm diese Zusammenkunft in Deinem Zimmer an einem hierzu geeigneten Nachmittag.

Ich werde hinter dem großen Vorhang versteckt sein und wenn er im guten Zuge mit Dir ist, werde ich im geeigneten Augenblick in die Erscheinung treten. Im Notfalle werde ich den Entrüsteten spielen und drohen, alles Deiner Mutter zu enthüllen . . . es sei denn, dass er auf alle meine Wünsche eingeht und Du wirst sehen, dass er mit Allem einverstanden sein wird.

Die Instinkte Lucettes erregten sich bei der Beschreibung

der erotischen Sitzung und sie war entzückt, die Mitwisserin bei dieser kleinen Komödie zu sein. So etwas war einmal etwas Neues, sie konnte die Abwickelung der Sache gar nicht erwarten. Einen Mann mit einem anderen geschlechtlich verkehren zu sehen, hatte sie sich noch nicht vorstellen können. Sie versprach denn auch mit Freuden alles zu tun, was ihr Geliebter von ihr wünschte und beide trennten sich, um die Gesellschaft im Billardzimmer aufzusuchen - acht Tage nach diesem kleinen Komplott, war die Sache dann reif.

Der Flirt Lucettes mit Maurice hatte sich durchaus programmmäßig abgewickelt und eine endlose Reihe verstohlener Küsse und Berührungen waren die unmittelbare Folge.

Die gerissene Lulu hatte endlich eingewilligt, ihm eine Zusammenkunft auf ihrem Zimmer zu bewilligen. Auch Sir Archibald hatte diese acht Tage in einem sehr erregten Zustande verlebt, wie man sich wohl denken kann und dessen Auswirkung Lucette zu fühlen bekam.

An dem verabredeten Tage war er auf seinem Posten und suchte sich hinter der großen Portiere zu verbergen.

Lucette betrat als Erste das Zimmer, sie entkleidete sich mit tausend gekünstelten Bewegungen und endlich behielt sie nur ihr feingesticktes Hemd an und ihre durchbrochenen weißseidenen Strümpfe, ein Anblick für Götter bestimmt.

Wie ist sie doch allerliebst, dachte der Horcher, der Mühe hatte, sich zurückzuhalten.

Auf ein bescheidenes Klopfen an der Tür trat der Liebhaber ein, niedlich zum Anbeißen in seinem cremeseidenen Pyjama, der mit dunklen Borten bestickt war.

Oh, Lulu, rief er in Ekstase aus.

Die beiden Liebesgefährten küssten sich und bildeten eine Gruppe von köstlicher Frische. Während sie sich abküssten,

zog er sie auf seine Knie und flüsterte ihr die innigsten Liebesworte zu, ihre Hände verwirrten sich wechselseitig nach den geheimen Reizen ihres Geschlechtes. Lucette hatte Maurices Speer herausgezogen, ein ansehnliches Ding, nicht zu stark, aber auch nicht zu dünn, mit einem schönen, rosigen Kopf.

Maurice breitete die Schenkel seiner Geliebten auseinander, warf sich mit Sachkenntnis auf sie und schon verfiel Lucette in Zuckungen, während sie krampfhaft ihre Hände um seinen schönen Speer zusammenzog, der im Begriff war, in sie einzudringen, gleichviel in welche Öffnung.

Komm, komm mein Geliebter!

Lucette keuchte, durch die Wollust auf das höchste erregt, und zog Maurice fest auf sich. Sie spreizte ihre Schenkel soweit sie konnte auseinander und öffnete so ihre reizende Liebesmuschel, deren Lippen geschwollen und heiß waren.

Maurice hatte die Hose seines Pyjamas fallen gelassen und enthüllte den Augen des indiskreten Zuschauers die gefällige Linie seines Rückens, sein weißes gewölbtes Gesäß und den unter seinem Speer hängenden Samenbehälter.

Die reizend geöffnete Grotte Lulus bot sich ihm feurig dar, er legte sich zwischen die wohlgeformten Schenkel seiner Freundin und mit einem geschickten Schenkeldruck drang er durch die feuchtüberströmte Scheide ein, während seine Hände ihr Gesäß umspannten.

Lucette glücklich von dem hübschen Jungen in Besitz genommen zu sein, wandte und drehte ihren Hintern, wie eine erfahrene Kokotte, sie war ja in der Liebe durchaus erfahren.

Oh, so schnell . . . ist das herrlich! Oh, Du . . . spritzt . . . oh auch ich . . .

Die herausströmende Ergießung ließ sie erzittern, ihre

Augen füllten sich mit heißen Tränen der Genießerfreude und ein freudiges Schluchzen entrang sich ihrer Kehle.

In diesem Augenblick öffnete sich der Vorhang.

Na, Sie treiben ja recht nette Sachen hier, sagte er hervortretend. Sein lasterhafter und gieriger Blick widerlegte freilich die Strenge, welche er in seiner Stimme zum Ausdruck bringen wollte.

Lucette, als Mitwisserin der Komödie, hielt ihren Liebhaber fest umschlungen mit den Schenkeln, um ihn so davon zu hindern, seinen Speer aus dem zarten Versteck herauszuziehen.

Maurice, welcher dadurch gezwungen war, dem Lord seinen hinteren nackten Körperteil zu zeigen, war nicht wenig bestürzt. Die Szene spielte sich weniger in Worten, als in Gebärden ab.

Der Lord trat an das Bett heran und gab Maurice einen leisen Schlag auf das Hinterteil, dieser zog seinen triefenden Speer aus der Scheide seiner Geliebten, die vor Vergnügen gestöhnt hatte, als er in sie eingedrungen war.

Archibald, erregt durch den eben genossenen Anblick, fiel über Maurice her und beide Herren drückten und herzten sich vor den erstaunten Augen Lucettes, welche erregt und interessiert zusah.

Das Ergebnis dieser eigenartigen Liebkosung sollte auch nicht lange auf sich warten lassen.

Sir Archibald nahm sich den jungen Mann vor und tat bei ihm das Gleiche, was dieser eben mit Lulu getan hatte.

Es war inzwischen Essenszeit geworden, man unterbrach die heutige Sitzung und verabredete sich auf den kommenden Tag.

Am anderen Tage waren es aber vier Personen. Lulu hatte Miss Ketty verständigt und diese erklärte sich auch sofort bereit.

Nachdem zuerst Archibald Maurice von hinten bearbeitet hatte, stellten die Frauen den Herren ihre Gesäße zur Verfügung, Lucette wurde von Maurice und Ketty von Archibald befriedigt. Das Stöhnen und Seufzen nahm kein Ende, die vier Genießer kosteten alle Stellungen aus.

Einige Kuchen und etwas Wein ermunterten die Liebeshelden, wenn sich Schwäche zeigte.

Das Quartett vereinigte sich nun so oft, wie es die Umstände nur erlaubten und widmete sich den raffiniertesten Freuden.

Maurice durfte auch sonst sich der Ruhe nicht hingeben, denn außer Lucette und Archibald musste er auch noch Frau von Mustelle dienen, die sich in jeder Weise dem jungen femininen Manne hingab.

Mit einem Gummispeer bewaffnet, stieß sie diesen in den Hintern und spritzte ihm ausgiebige Mengen heißer Milch in sein Inneres.

Es war für Maurice eine Freude sonders Gleichen, so von dieser hübschen Frau bedient zu werden.

Natürlich zeigte er sich ihr gegenüber dankbar und bearbeitete sie wunschgemäß.

Die Tage verliefen viel zu schnell für die Bewohner des Schlosses und bald rückte der Ferienschlusstag heran.

FINALE

Abreise

Lucette und Firmius

Jeder bereitete sich zur Abreise vor. Das alte Schloss gewann einen schwermütigen Eindruck unter dem Eindruck des Abschiedes.

Lucette hatte sich an die zwanzigmal von Archibald nach allen Richtungen hin bearbeiten lassen, sie liebte ihn mit all ihren Sinnen, mehr vielleicht, als mit ihrem Herzen. War er es doch, der sie zuerst besessen und der ihr alles gelernt hatte.

So war es denn auch kein Wunder, dass sie, als der Engländer zeremoniell und korrekt Abschied sagte und ihr die Hand küsste, der ganzen Willenskraft einer kleinen Weltdame bedurfte, um die Tränen zurückzuhalten, die in den Augen standen.

Was sollte aus Lucette werden, ohne ihren Geliebten? Mit schwerem Herzen kehrte sie nach Paris zurück, dann vergingen Tage und Monate.

Die Liebe ihrer Schlafgenossen Alice und Ketty, ließen sie schließlich Sir Archibald vergessen.

Mit nun neunzehn Jahren war sie eine reizende junge Frau, der die leidenschaftliche Ketty nicht mehr genügte, sie träumte von solideren Genüssen, von festen und gediegenen Speeren, die in sie eindringen wollten.

Als sie eines Tages das Gesindezimmer durchschritt, bemerkte sie zum ersten Male, dass Firmius eigentlich ein ganz hübscher Bursche sei.

Ei, ei, dachte sie, ein intimes Zusammensein mit ihm würde vielleicht gar nicht so uninteressant sein. Fest entschlossen, sich Firmius zu ergeben, schmachtete sie ihn an und ließ alle Register der Verführung spielen. Firmius reagierte sofort.

Das erste Zusammensein war in einem dunklen Zimmer im Verlauf einer zufälligen Begegnung. Sie fasste nach seinem Speer und zog Firmius in die Ecke.

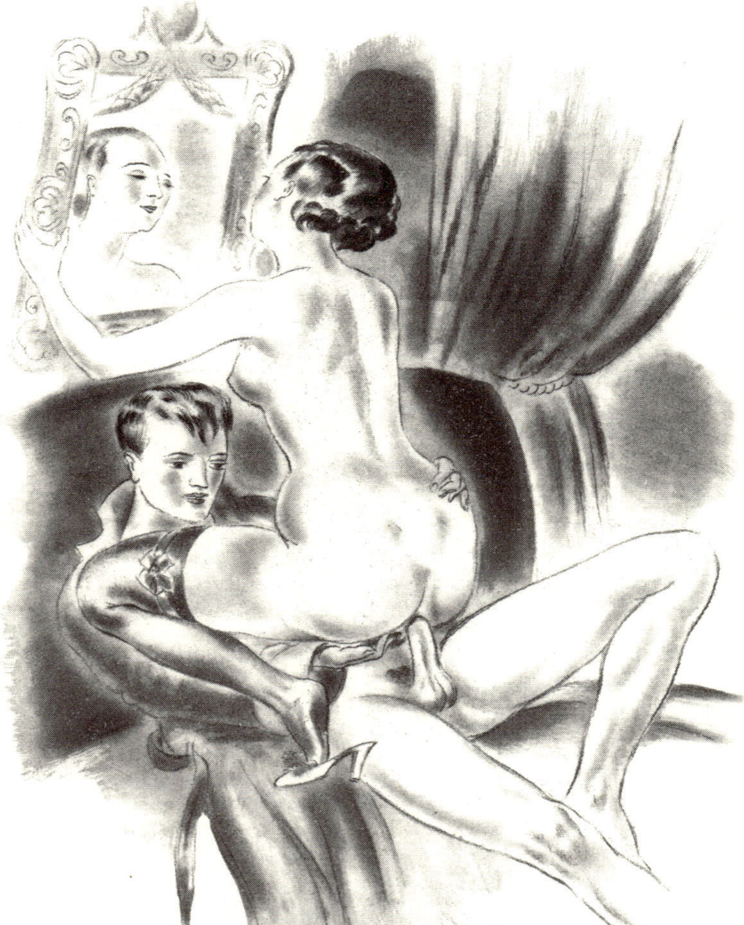

Er hob ihr die Röcke hoch und begann an der Liebesgrotte seiner Gespielin zu arbeiten. Lucette setzte sich auf eine Kiste und führte den Speer vor ihre Muschel. Er stieß ohne weitere Vorbereitung hinein, bis beide die ersehnten Wonnen genossen. Er benutzte sie so mehrere Male, teils auf dem Sofa, teils auf dem Wasserklosett, dann wieder in der Küche in Gegenwart von Alice, die den Aufpasser spielte.

Frau von Mustelle sah und hörte nichts, lief hingegen selbst von einem Vergnügen zum anderen.

Sie hatte in letzter Zeit einen fragwürdigen jungen Burschen an sich gefesselt, der stets mit einem dicken Bankier verkehrte. Der junge Mann folgte dem Beispiel Cäsars und war der Geliebte der Frauen, wohingegen die Frau, die Geliebte der Ehemänner war.

Frau von Mustelle ging mit diesen Beiden in alle Lasterhöhlen der Wollust, wo die Liebe manchmal zu den unglaublichsten Ausschreitungen führt.

Marcelle, die von Tag zu Tag hübscher wurde, war der ausgesprochene Favorit der Engländerin geworden. Sie amüsierten sich untereinander ganze Tage lang. Manchmal war auch Alice, die keine Kostverächterin war, dabei.

So regierte denn das Laster, dieser unumschränkte Beherrscher der Welt, als Gebieter auch im Pariser Haus der Frau von Mustelle. Jeder trug zu seinem Teil dazu bei, die Liebe reizvoller zu gestalten und je nach dem Temperament und Gelüste - ungeachtet der Einwendungen der Sittlichkeitsfanatiker - den größten menschlichen Freuden entgegenzugehen. So wie glückliche Völker keine Geschichte haben, so endet auch hier vorläufig diejenige von Lucette.

Vielleicht erzählen wir noch, wie Lucette sich schließlich verheiratete, als sie ihre Mutter in die Vergnügungsorte der Riviera begleitete.

- ENDE -